# 翼を持つ者

Shimoda Hitomi
下田ひとみ

作品社

翼を持つ者／目次

白い闇……5
翼を持つ者……169

# 翼を持つ者

# 白い闇

# 一

改札口の横にある伝言板の前に茉莉亜《まりあ》はいた。

短大生活最後の思い出にと友だち連れで東京に遊びに来たことがあったが、会うのはそれ以来、三年ぶりだ。人混みのなかでうつむいている茉莉亜を、遼一はしばらく見ていた。

すらりとした身体に、チェックの水色地のワンピース。つばの広い夏帽子を被り、白いサンダルを履いている。足元には煉瓦色のトランク。

痩せたな。

これが第一印象だった。もっとも初めて出会った二十一年まえから、茉莉亜の痩せっぽちは変わらない。

「遼一」

顔を上げた茉莉亜が遼一を見つけた。泣きだしそうな表情で手を上げている。

「どうしてこんな処で待ってるんだよ。あっちに噴水があって、座るとこもあるっていったろ」

卵形の薄化粧の顔に見覚えのあるそばかすが浮かんでいる。下がり気味の眉、奥二重のすっきりとした目、ほどよい高さの鼻と、清潔な感じの唇——いつも逵一に兎を連想させる色白の小さな顔が、帽子の下で彼を見上げた。

「こんなに人を待たせておいて、ご免なさいのひとこともないの？　あんまり遅いから何かあったんじゃないかと思って、とっても心配だったんだから……」

うっすらと目の隅に涙を浮かべている。泣き虫は相変わらずだ。しかも夫を喪くしてようやく一年が過ぎたばかりなのだ。心の後遺症はまだまだ半端じゃないはずだった。

構内を抜けて高架となっている広場に出る。陽は大きく西に傾いていた。せわしげに歩く人々の間で、鳩が追いたてられるように飛び立っている。

「車、近くに停めてあるんだ」

「マンション、遠いの？」

「一時間」

「紗羅《さら》は車で十五分って言ったわ」

「それは混んでないときの話。藤沢は駅に向かって道が放射線条になっていて、夕方は信じられないくらい混むんだ。沖縄とは違うんだよ」

「沖縄だって、国際通りは混むわ」

すぐむきになるところは変わらない。頰をふくらませ、唇を拗ねたように尖らせる癖もそのままだ。

「それより何だよ、このトランクの重さは」

「おみやげよ。ママ特製のサーターアンダギー。お母さん手作りのねぎみそ」

ママは茉莉亜の母、お母さんは遼一の母のことだった。

「紗羅たちからは黒糖やクッキーや本をことづかったわ。それともうひとつ、私からの……」

「金の延べ棒?」

茉莉亜は笑ったが、その顔がふいに翳《かげ》った。

「ごめんね、甘えてこんなところまで来てしまって……。でも私、疲れたの。もうがんばれないの。遼一の奥さんもびっくりしているでしょうね。新婚さんなのに押し掛けてきちゃって……」

「いいさ、がんばらなくても」

広場の外れの階段に来た。トランクと格闘しているふりをして、遼一は無造作に言い放った。

「気兼ねもいらない。あいつ、出ていったんだ、家を」


赤やピンクや白のロベリアが、羽を広げた蝶のように前庭の花壇を飾っている——「ジュエルコート湘南」は、チャコールグレーのタイルを外壁に貼り詰めた重厚な趣のするマンションだった。

中庭のある九階建て。玄関を入ると、右手に応接セットの置かれた瀟洒《しょうしゃ》なロビーがあり、左手に階段。エレベーターが正面にある。トランクを手にそのエレベーターに向かう背中に、遼一は茉莉亜の少し思い詰めたような視線を意識していた。

茉莉亜は何も尋ねない、なぜ可南子《かなこ》が出ていったのかという理由を。車の中でも二人は、関東の天気や食べ物、フロントガラスに映る景色や人を話題にして、一時間をやり過ごしてきたのだった。

昔からそうだった。茉莉亜はこういう時にあれこれと詮索をしない。聞かれたくないという相手の心理を読んでいる。しかし、心の中ではその理由に、ずっと思いをめぐらせていることが、遼一にはわかっていた。

茉莉亜の部屋である九〇七号室は最上階にあった。

対面式キッチンと、十畳のフローリングされたＬＤ。ＬＤの続きに引き戸で仕切った四畳半の和室がある。

「わあ、海が見える」

茉莉亜は声をあげた。帽子をおいてベランダに出る。

「あれ何？　あの島みたいなのは？」

「江ノ島だ」

風がソバージュの長い髪を宙に遊ばせていた。たそがれの空や海や砂浜が、一面に遠く墨絵のように広がっている。

「紗羅が何て言ったのか知らないけど……」

弾んでいた茉莉亜の声の調子が急に変わった。

「違うから」

――一周忌が終わってね、やっとけじめがついたみたい。

そう電話で紗羅はいった。茉莉亜は四人姉妹の末っ子で、紗羅はその一番上の姉だった。

――私たち心配してたんだけど、案外あの子しっかりしてて。教会でも良い証《あかし》になってくれて。やっと一年過ぎて、私たちもほっとしてるの。それでね、やり直したいって言うの。今までのことは忘れて、誰も知らない所に行って、新しく人生をスタートさせたい、沖縄を離れたいって。それで皆で話し合ったんだけど、それなら遼一に茉莉亜のこと、お願いできたらって思って。誰も知らない所なんていったって、何か足掛かりがないと茉莉亜も前に進めないだろうし、私たちも心配なの。遼一だったら安心だし、茉莉亜も遼一の所だったら行くって言ってるのよ。大げさに思わなくていいのよ。茉莉亜だってもう大人なんだから。ちょうど遼一も結婚して家庭を持ったし、私たち喜んでるの。これで夫婦ぐるみの兄弟づきあいができるって――。

「紗羅はなにも知らないのよ。ううん……誰もなにも知らない。私がどんな思いをして、この一年を過ごしてきたか」

予期していたことだった。もともと紗羅の話だけで、すべての説明がつくとは思っていなかった。茉莉亜は自分の心の内を簡単に人に打ち明ける質《たち》の人間ではない。特に相手が紗羅では、そうだ。

「入れよ」

遼一は部屋の明かりを点けていった。

茉莉亜は部屋が気に入ったようだった。シャワーを浴びて着替えたいというので遼一は自室に帰っていた。

二ＬＤＫの遼一の五一九号室はリビングが二十畳と広々としていた。殺風景な茉莉亜の部屋にいたせいか、家具のある部屋が安心で居心地いい。ソファーに身を埋め、遼一はぼんやりとそんなことを感じていた。

部屋は茶と緑を基調としてコーディネートしてあった。うぐいす色のカーテン、萌黄色のカーペット、褐色のソファー、鳶色のテーブル――可南子の趣味だ。

壁に水彩画が飾ってある。全体が淡い青で、地中海に面したモナコの街が繊細なタッチで描かれていた。結婚前に可南子が気に入り、遼一が買った。可南子に贈った初めてのプレゼントだった。

贈り物を受け取って彼女は、嬉しいというより、臆したような戸惑ったような顔をした。そのときは気にとめなかったが、いまになって遼一は、あの時の彼女の表情の意味がわかったような気がする。

「可南子……」

口に出して小さくこの名を呼んでみる。

見合いをして、結婚をして、一緒に暮らしたのはわずか一ヵ月に満たなかった。遼一が「可南子」と呼ぶのがまだうまくできないでいるうちに、彼女は家を出てしまった。

カウンターの鉢植えの胡蝶蘭に目をやる。胡蝶蘭はひと枝に咲いている花の数で値段が決まると、教えてくれたのは彼女だった。薔薇やカーネーションだと一本、マーガレットやかすみ草だとひと束だが、胡蝶蘭は一輪がいくらと数える。だから切り花の場合は、その枝についている花の数によって一本一本値段が違う。

カウンターの胡蝶蘭には七輪の花が咲いていた。一輪の値段を聞き忘れてしまった。切り花にすればいくらの値段がつくのだろう？

彼女がときどき霧吹きで花びらを湿らせ、日中は陽の近くに置いてこの花にこまやかな愛情を注いでいたのを遼一は知っている。だから白い花弁は今も瑞々しく、清澄に部屋を潤している。あの日々とどこが違うのだろう？　この部屋に、彼女だけが足りない。

砂時計の砂が音もなく落ちていくように、時が自覚なく過ぎていく。時計を見ると、ソファーに埋まってから十五分が経過していた。

遼一は気を取り直してテーブルに手を伸ばし、茉莉亜の土産のアルバムを開いた。沖縄の家族や知り合いが写っている。なつかしい顔ぶれは、ほとんどが教会で撮ったものだった。

遼一の父である片桐尚人は内科医、茉莉亜の父親の高橋道久は整形外科医として、ともに那覇市にある聖愛病院に勤めていた。もともと二人は学生時代からの親友で、恩師の勧めで教会に行き始め、一緒に洗礼を受けた仲だった。卒業後は道が別れ、尚人は東京の大学病院に残り、道久は故郷の仙台に帰って勤務医をしていた。が、その後、キリスト教病院に勤めたいという願いが叶った尚人が聖愛病院に移り、三年後に道久も自ら望んで沖縄に越してきたのだった。

ふた家族は聖愛病院の二軒しかない医師住宅に、隣り合って十二年の間住んだ。病院の敷地内であるうえ本土の人間ということもあり、そこでの生活は地域に対して孤立したものだった。自然、片桐家と高橋家は一つ家族のように親しくなり、遼一と弟の誠二、茉莉亜たち四姉妹は実のきょうだいのようにして育った。教会も一緒だったし、各々が家を建て、那覇の外れと隣町の西原に越しても、家族ぐるみのつき合いはずっと変わらなかった。

赤ん坊を抱いた茉莉亜が笑っている。今年の春に生まれた誠二と紗羅の最初の子供だ。陽の光を浴びて赤ん坊は、まぶしそうに目を細めている。後ろに見えるのは誠二の家らしい。表札に「片桐」とある。デイゴの木が玄関脇にそびえ、ブーゲンビリアが垣を彩っている。

遼一に六年前の出来事がよみがえってきた。


東京の大学に進学していた遼一が、休みで沖縄に帰っていた時、大きな台風が本島を襲った。そのとき茉莉亜の家では仙台の親戚に不幸があり、留守だった。風邪をひいて具合が悪いということで、茉莉亜だけが家に残っていた。

ニュースでは台風の接近の状況をこと細かに告げていた。本格的な嵐にならないうちにと、茉莉亜をこちらに連れてくるように母に頼まれた。琉球大学の近くにある茉莉亜の家は、首里の遼一の家から車で十五分の距離だった。遼一は出かけていった。

チャイムを二度鳴らしても茉莉亜は出てこなかった。ニュースより台風の速度は増したらしく、急に吹き始めた疾風が前庭のガジュマルを揺さぶっている。黒雲が空を覆い、雨が降ってきた。預かっていた鍵で遼一はドアを開けた。

昼間だというのに、勢いを増してきた嵐のため家の中は暗かった。

「遼一?」

淡い声がした。

「なにしてんだよ、そんなところで」

リビングのソファーに茉莉亜が横たわっていた。肩のところで切りそろえた髪が、黒いレースのようにクッションに広がっている。

「部屋で寝てなきゃ駄目じゃないか」

「うん」

「台風来てるぞ」

「うん」

「うちに行くぞ」

茉莉亜は目を閉じ、力なく首を振った。

「動けない」

はない。

「風邪そんなに悪いのか？」

　ふたたび首をわずかに左右に動かした。

「あれは仮病。本当は風邪なんてひいてないの」

　遼一は茉莉亜をじっと見た。風邪は仮病にしたって、茉莉亜はどこかおかしい。どこか普通ではない。

　暗がりの中に表情のない白い顔が浮かんでいた。普段は相手をまっすぐに見てものを言うのに、今日の茉莉亜の視線はうつろに宙に注がれている。

「起きろよ。早くしないと道が通れなくなるぞ」

「だれにも会いたくないの」

　ためらいがちな茉莉亜の声は、この部屋の明るさのようにかすかだった。

「私……」

　ひと呼吸の間があった。

「誠二が好きだったの」

　遼一は自分の迂闊さを呪った。誠二と紗羅は四日前に正式に婚約したばかりだった。二人の仲は周囲には公認だったし、遼一は茉莉亜をまだ子供だと思っていたのだ。

「ずっと泣くの我慢してたの。一度泣いたら、もう部屋から出たくなくなるんじゃないかって思って。みんなに、わかってしまうんじゃないかって思って。明日みんな帰ってくるから、この三日のあいだに、気持ちのけじめ、つけようと思って。ぜんぶ涙ながしてしまおうと思って。でも、足りない。今日までじゃ足りない。あとからあとから悲しい気持ち、どんどんわいてくる。涙が……わいてくる」

頬に涙が伝っている、言葉そのままに止むことなく。

「大丈夫だ」

何か言わなければと遼一は焦った。

「明日一日ある。この台風だ、飛行機は飛ばない。あと一日は泣ける」

我ながら、問題解決に至らない間の抜けた言葉だと思った。

いつもの茉莉亜なら笑うところだ。

「私、誰にも言わなかったけど、言えなかったけど……本当は誰かに話したかったのかもしれない」

それからどれだけの時が経過したのか、はっきり記憶にはない。

覚えていることといえば、ソファーに横たわったままの茉莉亜が、実らなかった何年にもわたる恋心をとつとつと言葉に綴っている声と、戸外の風の音が共鳴して音楽のように響いたこと。床に座り込んだ遼一は、終始無言でいたことだ。

茉莉亜が十七の秋の出来ごとだった。

置き時計の秒針が耳に戻ってきた。

アルバムを伏せ、ソファーにもたれかかって遼一は眼を閉じた。

# 二

翌日の土曜日の空は快晴だった。

遼一は午前八時に起床した。東京の商社に勤めている遼一は、土日も仕事という日が多かったが、昨日から休みをとっていた。沖縄からの茉莉亜の引っ越しの荷が、昼前に到着することになっていたからだ。

午前九時、食事に行くために待ち合わせたロビーに、茉莉亜は昨日と同じ格子縞の水色のワンピースで現われた。でも髪は三つ編みにして、すっきりと後ろにとめている。それが正面から見ると、癖のない顔の輪郭を綺麗に際立たせていた。

「海岸通りに行こう、ちょっと歩くぞ」

すがすがしい朝だった。夏の終わりの空がコバルト一色の水彩画のように広がっている。

「もうあまり暑くないのね」

「こっちじゃこんなもんさ」

「ゆうべクーラーなくても眠れたから、助かっちゃった。本土ってほんとうに違うのね。でも冬は寒いでしょうね。雪も降るんでしょう。初雪はいつ頃かしら?」

「十二月くらいかな」

「あと三ヵ月……」

祈るように両手を組んで茉莉亜がつぶやいた。

「その頃、私、何をしているかしら？　私、その頃まで、生きているかしら？」

遼一は空を見上げた。しみるような明るい青さだ。

「あたりまえだろ」

「遼一がそう言ってくれると、生きているような気がする」

「俺は予言者か」

茉莉亜が笑った。遼一も笑う。頭上で鳥がさえずっている。

「わからなくなったの。私、どうして生きているんだろう、どうして生きていかなくちゃいけないんだろうって」

白いサンダルの歩みが遅れていく。茉莉亜に足並みをそろえながら、これから先、おそらく何度も何十度も、この類の茉莉亜の話につき合わなくてはならないのだ、と遼一は考えていた。

「どうして前はわかっていると思っていたのかしら。どうしていまになってわからなくなったのかしら。でもわかっていることが一つだけあるの。彼が死んだからだわ。だから私がわからなくなったんだわ」

風がソバージュの前髪を海藻のように逆立てている。

潮の香りがする。海は間近だ。

「なぜ彼はいないの？」

流れ落ちた涙を茉莉亜は手の甲で拭った。

「私……どうしたらいいか、わからない」

海岸通りに出る。視界がパノラマのように広がった。

カモメが大空に直線飛行をしていた。右手に富士山、左手には江ノ島、その向こうには三浦半島へと続く海岸線がカーブを描いて広がっている。砂浜に咲いたパラソル。ウインドサーフィンの帆は波の間にあり、空の青を映して陽光が海を輝かせていた。

渋滞した車の中から、こちらを見ている人たちがいる。茉莉亜はバッグから出したハンカチで涙をぬぐった。

「ごめん……」


引っ越しの荷物の整理をあらかた終え、三時から出かけた買物は夕方までかかった。ディスカウントストア、スーパー、家具屋。店から店へと強行軍で、茉莉亜は疲れているようだったが、明日に用事を残したくないのだろうと、遼一は何もいわなかった。日曜日の教会の礼拝出席は、茉莉亜にとって三度の食事のように当たり前だったから。

道久とその妻の信仰の熱心さは、四人の娘たちにつけた名を知ってもわかることだった。

長女の「紗羅」は、旧約聖書の中で信仰の父とうたわれたアブラハムの妻の名だったし、双子の二女と三女も、やはり旧約聖書にでてくる預言者ミカの「美香」と、アブラハムの息子であるイサクの妻リベカからとった「里辺香」だった。そして末娘、「茉莉亜」。キリスト教界外でもあまりにも有名なこの名は、しかしイエスの母マリアにちなんでつけられたものではなかった。新約聖書に出てくるイエスの時代、復活したイエスに最初に出会った女、マグダラのマリアからとってつけた名なのだ。

道久夫妻は――それは尚人夫妻も同様だったが――教会生活に厳格だった。週に一度の日曜日の礼拝を守るのは彼らにとって絶対であり、よほどのことがない限り水曜の夜の祈禱会にも出席した。子供たちは皆、教会学校に通わされていた。夫妻の交際範囲は教会関係の人間がほとんどだったし、こんな環境のもとでは、神を信じるということに対して、子供たちは疑問を持つことはなかった。

そう、茉莉亜はずっとうたがわなかった。

だから幸せでいられた。

夕方にマンションに帰り着いた二人は、両手に持ちきれないほどの荷物を抱えていた。茉莉亜は疲労のために口をきくのも億劫らしく、エレベーターの中で黙り込んでいる。

「早く寝ろよ。明日、鎌倉の教会に行くんだろ」

それは三年前に来た時、茉莉亜が礼拝に行った教会だった。沖縄で属しているプロテスタントの同じ宗派だ。旅行先でも礼拝を休むなど、茉莉亜には考えられないことなのだ。子供の頃も教会学校に熱がある時でも出席していた。茉莉亜が教会を休んだのは、お多福風邪で寝込んだ時と、盲腸で入院していた時以外、遼一は知らない。

「行かない」

茉莉亜はエレベーターの扉を見ていた。水槽の魚を見ているような、いや茉莉亜自身がその魚であるかのような、無感情な目だ。

「教会には行かない」

扉が開いた。

茉莉亜の部屋までの道のりがひどく遠く感じられた。まるで歩いても歩いてもたどりつけない、蜃気楼の扉をめざしているかのように——。

玄関に着き、遼一は荷物を置いた。

「明日晴れてたら海に連れてってやろう。車で遠出して」

遼一の内心を感じ取っているに違いないのに、茉莉亜は調子を合わせた。

「本当!」

笑ってドアを開けた。

「嬉しい。私、ドライブ大好きなの」

荷物を受け取った。まだ笑っている。

「お休みなさい」

ドアが閉められた。

# 三

エメラルドグリーンの部屋。
ベッドもカーテンも透き通った水色に染まっている。
波の音がしている。
穏やかな心地よい音……。

遼一はベッドで回想とも夢ともつかぬものを見ていた。

麦藁帽子をかぶった子供の茉莉亜が道を歩いている。痩せた身体に鼻の周りに浮かぶそばかす。隣にいるのは少年の遼一だ。砂ぼこりをあげたバスが二人を追い越していく。辺りは一面のサトウキビ畑だった。蟬の声。照りつける陽射し。茉莉亜のワンピースも遼一のシャツも汗で身体に貼りついている。

教会学校への行きがけに露店の前を通った。箱に並んだおもちゃを眺めているうちに、二人は欲しくなった。持っているのは献金と帰りのバス代だけ。相談した末、献金は神様に捧げ、バス代でおもちゃを買って、帰りは歩くことに決めたのだった。

「おうちはまだ？」

茉莉亜が尋ねる。さっきから何度同じ質問を茉莉亜は繰り返したことだろう。家までの距離は七キロ。半分も行っていない。

「歌をうたおうか」

遼一が提案した。

「なんの歌？」

「主われを愛す」

二人は子供賛美歌をうたいだした。

主われを愛す　主は強ければ
われ弱くとも　恐れはあらじ
わが主イェス　わが主イェス
わが主イェス　われを愛す

電話のベルで、遼一は目を醒ました。

枕元の時計は八時。受話器を取ると、茉莉亜の声がした。

「雨が降っているわ」

遼一はカーテンの隙間から外を見た。

「海に行けない。こんな日は海に行けない。わたし、楽しみにしてたのに、海に行けない」

こだまのように茉莉亜は繰り返している。

遼一は夢のつづきを見ているような気がした。


おうちはまだ？

おうちはまだ？

おうちはまだ？


「だからお願いがあるの」

何を言い出すのか遼一には見当もつかなかった。

「お酒、飲みたいの」


雨が五一九号室の窓ガラスを濡らしている。二人は明かりをつけたリビングでくつろぎ、室内にはバッハの「フーガの技法」が流れていた。

茉莉亜はソファーに埋まり、ワイングラスを持っている。遼一は四杯目のグラスに白ワインを注いでいた。

「お酒、強いのね」

耳たぶまで赤くなった茉莉亜が羨むような声を出した。

「尊敬するか」

「よく飲むの？」

「つき合いで」

「一人の時は？」

「ほどほどに」

「お酒って、短大でコンパの時に口にしたことあるけど、私、駄目みたい。頭、痛くなるし、吐き気、してくるし。それにお酒って思うだけで、いけないことしてるみたいで、セーブしちゃって」

チェストの置き時計を茉莉亜は見た。

「私が今ここでお酒飲んでること知ったら、どう思うかな、みんな」

もうすぐ礼拝の始まる時刻だった。いま言った「みんな」というのは、家族を含めた沖縄の教会の人々のことであるのに違いない。

「でも今日はいい気分。頭も痛くならないし、解放されてる感じ」

ＢＧＭの曲が変わった。たちまちに浮き立つようなヴァイオリンの旋律。ヨハン・シュトラウスの、「美しく青きドナウ」だ。

「踊ろうか」

「わかってるか、おまえ、ふらふらだぞ」

「こんなの平気」

茉莉亜が普通でないのはわかっていた。酒の勢いを借りて、礼拝を休んでしまった罪の意識から逃れようとしているのは明白だ。遼一は踊れない。それに茉莉亜は、ひとところに立っていられないほどに酔っている。だから二人は踊るというより、ずり落ちそうになる茉莉亜を遼一が抱えるといった形で、音楽と一緒に歩き出していた。

華やかな調べ、熱い茉莉亜の身体。けむった窓の外が別世界のように感じられる。ベランダにできた水溜まりに、切り紙細工のような赤や黄の花びらが浮かんでいた。

「私ね、泣かなかったの。ううん、泣けなかったの。こんなこと嘘だって思ってたから。事故を知らされて、病院に行った時、まだ生きてたの。意識もあったわ。彼と話して、手を握って、助かるって思ってた。助けて下さいって祈ったけど、絶対助かるって信じてた」

歩みが止まった。さざ波のように身体が揺れ、重心がとれないでいる。茉莉亜の腰に回していた腕で、遼一は身体を支えた。

「朝になって、亡くなったって聞かされても、信じられなかった。彼の遺体に会っても、夢を見ているのだと思ったわ。彼に触れて、まだあたたかい身体に触って……。どうしてみんなが泣いているのか、不思議だった。彼が死んだということを、どうしてこんなにすぐ納得できるのか。生きていたのに……さっきまで。信じていたのに、みんなで……絶対助かるって」

表情のない顔に涙が流れ始めた。身体の揺れがしだいに大きく、無秩序になっていく。茉莉亜を支えている腕に、遼一は力をこめた。

「告別式が終わって、彼を火葬場に運んだわ。私、信じられなかった……何が起ころうとしているのか。彼の身体が焼かれるの。彼がいなくなるの。そんなこと……耐えられない。でも音が……焼却炉の、火をつける音が……聞こえて」

茉莉亜の動きが止んだ。

「いや。そんなのいや……。いかないで……一人でいかないで」

まるで彫刻が動きだしたようだった。こわばった身体が、大きく前後に、左右に揺れる。長い髪が乱れ、遼一のポロシャツに音をたててふりかかってきた。

「……ゴウ。ユウ……ゴウ。ユウゴウ、友剛！」

遼一は初めて茉莉亜の口からこの名を聞いたと思った。まるで遼一が友剛自身であるかのように、狂おしいほどの力で抱き、声をあげている。

窓ガラスを打つ雨が、レースのカーテンの模様を変えていく。

室内に流れる幻想曲が、ワルツの終わっていたことを告げていた。

四

ウインドーのマネキンが長袖のカーディガンを着、ディスプレイには木の実をかじっている栗《り》鼠《す》が登場した。花屋には桔梗や秋桜の鉢植えが並び、街路樹の葉は色づき始めている。

茉莉亜が来てから二週間が経った。

いつも泣いているというわけではなかった。時おりは昔のような茶目っ気も見せるし、冗談も言う。暗いというのでもない。ただ静かに、なだらかに、鬱に沈んでいる。荷物の整理がついた後、今週になって、茉莉亜は部屋にいないほとんどの時間を浜辺で過ごすようになっていた。

「遅くまでいるとナンパされるぞ」

半分冗談、半分本気だった。放っておくと夜になっても海から帰っていない時がある。マンションに帰って、まず茉莉亜が部屋にいるのを確かめることが、このところの遼一の日課になっていた。


三度目の日曜日。遼一は茉莉亜と海に来た。

水平線がくっきりと彼方に見え、海は矢車草の花びらのような清らかな青紫の色をたたえていた。鼓動のような潮騒が、辺り一面に響いている。

浜辺に海鳥がいた。茉莉亜は長い髪を海風に梳《と》かせて、くるぶしまである枯葉色のスカートをひらめかせながら、風景の一部のようにそこにいた。さっきから砂浜を並んで歩きながら、二人はずっと無言だった。

思い詰めたように唇を結んでいる茉莉亜を横目で見ながら、遼一は考えていた。

一年のあいだ立派だった——と、紗羅は言った。茉莉亜の内側がどんなだったか、気づかなかったのだろうか？　休みたい時も休ませず、休みたいと思うことすら罪だとする縛られた縄を、いっときでもゆるめてくれる者はいなかったのか？

「私……ここに来ていつも思うの」

ぽつりと茉莉亜がいった。深呼吸をした後のような、力ない声だ。

「友剛が、交通事故なんかじゃなく、海で死んだのならよかったのにって。船に乗って、嵐で遭難して、船は沈んで、遺体があがらなくて。そうしたら、もしかしたら生きているかもしれないって思えるわ。いつかはかえってくるかもしれない。待つことができる」

沖に浮かぶ白い船が、太陽を反射して煌《きら》めいていた。立ち止まった茉莉亜は、涙の滲んだ目でそれを見ている。

海鳥が鳴いている。芳しい潮の香りが辺りに満ち、浜辺には誕生の朝のような安息が漂っていた。

それなのになぜ――？

ポケットに手を入れ、遼一は空を仰いだ。

茉莉亜が座り込んで貝殻を拾い始めた。

遼一は水平線に目をやった。

聖愛病院の医師住宅は高台にあり、もの売りの老婆がときどき来た。遼一はその中のひとりの「おばあ」を思い出していた。

洗濯だらいほどの大きさのかごにゴーヤやほうれん草や小菊を入れ、それを頭に乗せて、おばあは坂道を売り歩く。彼女は小柄で痩せていたが、体力があった。何代も続いた農家の血なのだ。

「ぼうぼうはうちの子によっく似てるさ」

ある日おばあが遼一に飴をにぎらせてそう言った。沖縄ではお婆さんのことをおばあと呼ぶ。ぼうぼうとは坊やのことだ。おばあの息子は戦争で兵隊にとられ、消息がわからずじまいになっていた。それは彼女にとってただ一人の子供だった。沖縄戦で夫も親兄弟も失った。おばあは一人で家を守り、畑を耕した。先祖代々の土地を跡取りに継がせるまでは死ねないと、口癖のように言って。息子はかえってくるものと信じこんでいるのだ。

「ほんとによっく似てるさ」

おなじことを誠二も言われ、飴をもらった。近所の源太も、拓司《たくじ》も、高聖《こうせい》も。おばあに飴をもらわなかった男の子は、いないのかもしれない。

坂道を重い荷を頭に乗せたおばあがえっちらおっちら上ってくる。陽に灼かれた細い身体は花林糖みたいだ。汗が額の皺に溜まり、おばあはそれを手ぬぐいで拭う。男の子が道ばたで遊んでいる。おやおや息子にそっくりだ。おばあはポケットに手を入れ、飴をさぐる。

「寒いわ」

いつのまにか立ち上がって、影のように後ろに佇んでいた茉莉亜が言った。

「帰ろう」

貝殻の山を残して、二人は海を立ち去った。

その二日後の夜だった。十時を過ぎて訪ねた部屋に茉莉亜の姿がなかった。近くのコンビニかな、とも思った。しかし、一時間が過ぎても帰ってこない。海に行ったと思わなかったのは、夜になってから降り始めた雨のせいだった。けれどほかにあてのない遼一は、海岸に向かって車を走らせた。

フロントガラスにワイパーの音がせわしげに響いている。秋雨に濡れた道路をヘッドライトの明かりがどこまでも続いていた。

海岸通りに出た。海は暗く、雨にけむった砂浜は視界が遮られていた。傘を摑み、遼一は車のドアを開けた。

いつもの砂浜に降りる。すると茉莉亜はそこにいた。

傘を持たず、雨に打たれたままの後ろ姿。砂の上に座り込み、波しぶきを上げる海を見つめている――。

近寄ってみると、服のままひと泳ぎした後のように茉莉亜は濡れ鼠になっていた。

「風邪ひくぞ」

遼一は傘をさしかけた。

するとまるでなつかしい人にでも出会ったように、茉莉亜は微笑して振り向いた。

「もうすぐ……」

吹き荒れる風と波の音で聞き取れない。かがみこむと、次の言葉がくっきりと遼一の耳に届いてきた。

「船が見えたの。もうすぐ友剛がかえってくるわ」

遼一のみぞおちの辺りにぐうっと鈍い痛みが走った。茉莉亜は笑っている。笑いながら掌で額の雫《しずく》をぬぐっている。

「帰るんだ」

「いや」

言葉とはうらはらに、遼一に腕をとられて茉莉亜が身を起こしかけた。

そのときだった。ひときわ大きく海鳴りが響いたのだ。

思わず遼一まで海に目を向けたほどに、それは声のように、人間の言葉のように、暗い浜辺中にこだました。

「友剛!」

遼一の腕がふり払われた。次の瞬間、海に向かって茉莉亜は駆け出していた。

風にあおられた傘で前に進めない。傘を投げ出し、遼一は後を追った。

「友剛! 友剛!」

叫びながら海に入ろうとしている。背後からかろうじて抱きとめた。

「はなして! 友剛が!」

「やめろ!」

「かえってくるの! もうそこまできてるの!」

波打ち際で二人はもつれあった。茉莉亜はまるで悪魔の手でもあるかのように遼一をふりほどこうとする、半狂乱で。華奢な身体からは想像できないすごい力だった。

「友剛は死んだんだ！」

どうしても正気に戻らない。

逃れる腕、思いを遂げようと進む足。

「見えるの！　ほらあの船よ！　友剛が私を呼んでるわ！」

遼一は茉莉亜の頰を打った。

「しっかりしろ、茉莉亜！　友剛は海で死んだんじゃない！」

「いや、信じさせて！　かえってくるって信じさせて！」

波しぶきがかかった。二人を打つ潮風まじりの雨。しかし、冷たいなどと感じている余裕はなかった。死にもの狂いで遼一に抗う茉莉亜の力はやまない。

「それが許されないなら……」

腕の中の抵抗が、ふいに止んだ。

つづく言葉をのみこみ、遼一の胸に顔を埋めると、茉莉亜は泣いた。

五

一夜明けた空は、青く高く雲ひとつなかった。街路樹は陽を浴び、金木犀の香りが辺りに漂っている。雨に洗われた街は輝き、山は彩りを深めていた。昨夜の海岸での出来事が夢のように思われた。赤とんぼが出勤のバスを待つ遼一の肩にとまった。

夜になって九〇七号室を訪ねると、茉莉亜はパジャマにガウンという出で立ちで食卓についていた。

「朝から何も食べてないの」

昨夜、茉莉亜は身体が冷えきっていたので、熱い風呂に入ってすぐ床に就いた。しかし、朝方まで眠れず、昼過ぎに目覚めた時には発熱していたのだという。

「スープ飲む？　たくさん作ったのよ」

「俺が入れるよ」

キッチンに入ると、カウンター越しに茉莉亜が話しかけてきた。

「昨夜はありがとう。私、ちょっとおかしくなってたみたい。遼一が来てくれなかったら、どうなってたかわからないわ」

遼一は黙って皿にスープを注いだ。こんな時、重い言葉をさらりと受け止める、洒落た文句が見つからない。

「でも私、もしかしたら死にたいって思っているのかもしれない。一年の間何も考えないで自分の務めを果たそうとしてたの。とりあえず目の前にある役割をこなす。模範的なクリスチャンだった友剛の遺された妻として、信仰者として立派にあとを生きる。一周忌を終えるまでは――呪文を唱えるように毎日自分に言い聞かせてたわ。後のことなんて何も考えなかった。でもいまになってわかったような気がするの。もしかしたら私、そのあと死のうと思ってたのかもしれない。ここに来て、遼一に話を聞いてもらって、いっぱい泣かせてもらって、私……頭が溶けちゃったみたい。気持ちだけになっちゃったみたい。そして気持ちは言ってるの。死にたいって」

紅をさしたような頬に、涙がいく筋も伝っている。

「死んでもいい？」

正面から問われて、遼一は言葉に詰まった。

「おまえ、熱が上がってんじゃないか」

スープ皿を持ってテーブルに行き、茉莉亜の前に腰かけた。

「顔が真っ赤だ。もう寝ろよ」

ティッシュで涙を拭いた茉莉亜は、意外にも素直にうなずいた。が、歩きだしたとたん均衡を失い、床に崩れ落ちてしまった。

「茉莉亜！」

「どうしちゃったんだろう、私……うまく歩けない」

浅い息遣い。赤く潤んだ眼。身体の熱さがこちらにまで伝わってきた。本当に熱が上がっているのかもしれない。遼一は茉莉亜を抱き上げて、畳の間の布団に寝かしつけた。

「冷やしたほうがいいな」

「遼一……」

ふりむくと、閉じた眼のまま茉莉亜が尋ねた。

「私が死んだら悲しい？」


戸外では風が唸り声のように吹き荒れていた。

寝息をたてている茉莉亜の枕元には氷の入った洗面器が置かれている。遼一はその横で壁にもたれかかって、眼を閉じていた。

遼一の瞼の裏には沖縄で過ごした少年時代が見えていた。

初めて会った日、茉莉亜は二歳だった。ひまわり模様のワンピースから、小枝のような手足が伸びている。歩く姿のまだたどたどしい、痩せっぽちの小さな女の子。

遼一には誠二の下に真衣という妹がいた。赤ん坊の時に亡くなったために一度も一緒に遊んだことのない妹。だから、隣に越してくる四姉妹のうち、一番下の茉莉亜という女の子が真衣と同い年だと聞いた時は嬉しかった。引っ越しの日を指折り数えて待ったものだった。

――私が死んだら悲しい？

遼一は声に出してつぶやいた。

「悲しいさ」


茉莉亜が目を醒ました。タオルの陰に半分隠れた目がぼんやりと遼一を見ている。

「いま何時？」

「十二時ちょっと前だ」

「そんなに眠ってたの。ごめんなさい、部屋に帰って」

「もう少しいてやるよ」額のタオルを取り替えながら言った。「明日から出張なんだ。三日ほど帰れない」

「ひどーい！」

途端に大声が上がった。約束をすっぽかされた女子学生が怒っているような甘え声だ。

「私を残して行っちゃうの？　遼一ってそんなことができる人間だったの？」

「これだけ威勢のいい声が出るなら大丈夫だな。心おきなく行ってくるよ」

洗面器を手に立ち上がる。

「私も行く。ついて行く」

声が背中を追ってきた。

「おまえは病人」

かまわずキッチンへ行く。

戻ってみると茉莉亜は、額のタオルを目に当て、啜り泣いていた。

「お粥つくっておいてやるから、三日分。それ食べて寝てろよ」

泣き止まない。どうしたらこの事態を切り抜けられるかを遼一は考え、言った。

「帰ってきたら、ピアノ弾いてやるから」

泣く手が止まった。

「ショパンでもリストでも、何でも好きな曲、弾いてやるから」

ゆっくりと茉莉亜がタオルの下からうたがわしげな目を覗かせた。

「本当？」

「本当だ」

「でもピアノがないわ」

「俺の部屋の書斎にある」

茉莉亜はしばらく考えていた。

「わかった。おとなしく待ってる。でも二つ条件がある」

「なんだ？」

「毎日電話して」

「了解」

「帰ったらまっすぐここに来て」

「了解」

「お願いもある」

「注文が多いな」

「三日もお粥じゃ飽きちゃう。サラダも欲しい」

「オーケー」遼一は笑った。「ただし、俺も言っておきたいことがある」

タオルの下の茉莉亜の目が身構えた。

「なに？」

「留守中この部屋から出るな」

ふだんとは違う遼一の逸らさない眼から、海に行くなというメッセージを茉莉亜は受け取ったようだった。

「はい」

「リクエストは何にする？」

頬に涙のあとをつけたままの顔が、初めて嬉しそうにほころんだ。

「ショパンの幻想ポロネーズ。それからピアノソナタ第3番第4楽章とバラード第4番」

「オーケー」

「最後は、雪の降る街を。歌つきで」


東京駅で、新幹線の乗り場へ行くまでの雑踏の中、遼一は足を止めた。可南子とすれ違ったような気がしたからだ。ふり返ってみるとそれは人違いだったが、遠ざかっていくうしろ姿から遼一は眼が離せなかった。

——遼一さん。

彼女は遼一をそう呼んだ。すこし低めの、ひかえめな、謎めいた感じのする声で——。

その髪は深い黒で、肩の辺りでゆったりとカールしていた。なめらかな額の下に、真っすぐで濃い眉がある。その下に、潤った果実のような目があった。

いつも寡黙で伏し目がちだった。慎ましく、静かだった。でも引き寄せると、黒い瞳で憧れるように遼一を見つめた。

――行ってらっしゃい。

出勤前の玄関で、エプロン姿の彼女が言った。

あれが最後だった。

ホームに放送が入った。新幹線が到着する。

アタッシェケースを手に、乗り込んだ。

## 六

夜の静寂に包まれた住宅街を、遼一を乗せたバスが走っている。風に吹かれた落葉がアスファルトの道で踊っていた。「瑞貴《みずき》」のバス停で降りる。マンションに帰り着くと、玄関の灯が花壇のサフランの紫を羽衣のように浮かびあがらせていた。

電話で、熱が下がり容体は落ち着いたと知らされていたが、茉莉亜は三日の間にやつれていた。顔が土色で、そばかすが皮膚の下に鈍く沈み、全体に生気が感じられない。

「食欲がなくて。ただ信じられないくらいよく眠れるの」

晩秋の夜気が冷え冷えと十時を過ぎた部屋に漂っていた。茉莉亜は寒いのか、ネグリジェとガウンの間にカーディガンを着込み、靴下を履いている。

「寝る子は育つ。すぐよくなるさ」

ダイニングの椅子で遼一はネクタイをゆるめた。

「出張どうだった？」

キッチンでコーヒーの支度をしている茉莉亜が尋ねてきた。

「いつもと同じさ」

「疲れたでしょう」

湯気の立つカップを遼一の前に置き、茉莉亜はテーブルの向かいに座って、それまでしていた編物の続きに戻った。

「仕事おもしろい？」

「さあ……」

遼一はカップを手に取った。

「押しの強さと強引さ、嘘とはったりがものをいう。でもそんなもんだろ仕事って」

茉莉亜が驚いて目を見開いている。いつものことだが、そんな表情をしている時の茉莉亜はひどく子供っぽく見える。髪にリボンを巻けばそのままでアリス。不思議の国のアリスだ。

「遼一、職場でそんなに強いの。嘘とはったりなんて、そんなことできるの」

「できるさ」

椅子の背にもたれ、遼一は足を組んだ。

「できなきゃ、あんな世界で生き残れないよ。でも反面、実質の仕事は地味で、重箱の隅をつつくようなことをやってる。飲みたくなくても、酒、飲まなきゃいけないし、疲れてても限界を越える出張をこなしたり、華やかなイメージとは逆に、裏では一円二円の世界だったりするんだ」

「ふーん」

何かもの問いたげにこちらを見ている。

「なんだよ」

「ううん。ただこのまえ、ピアノやめてないって聞いたとき、嬉しかったの。遼一、音大に行くって思ってたのに、そうじゃなかったし。将来のこと、どんなふうに考えてるのかって思って。いまのままでずっといるつもりなの？」

「うるさい親戚のおばさんみたいなこと言うなよ。人の心配より、自分の心配」

「嘘とはったりなんて遼一らしくない。アタッシェケース持って、スーツで決めてる遼一なんて別人みたい」

さびしげに言い、遼一の眼をのぞきこんで言った。

「いまからでも音楽やっていく気ないの？」

「食っていけないさ」

「でも、才能あるのに」

「二十歳過ぎればただの人」

コーヒーを飲み干して、遼一は立ち上がった。

「明日は午後から休めるんだ。約束のピアノ弾いてやるから、部屋に来いよ」

遼一を見上げた茉莉亜が初めて笑った。

「何年ぶりかしら、遼一のピアノ聴くの」

黒っぽい身体をした椋鳥《むくどり》がオレンジ色のくちばしで柿をついばんでいる。白い小花をつけた柊《ひいらぎ》はマンションの中庭で芳香を放っていた。近くの公園では子供たちの歓声があがり、陽を浴びたベンチで母親たちがお喋りに興じている。しかし、窓のない五一九号室の遼一の書斎では、カンテラ型の電灯のもとに揺り椅子にもたれた茉莉亜が目を閉じていた。

バラード第4番が終わり、リクエストは最後の曲だった。

「歌もうたって、ね」

茉莉亜が念を押すように言った。

前奏を弾き、遼一は歌い始めた。

ゆきのふるまちを　ゆきのふるまちを
おもいでだけがとおりすぎてゆく

ゆきのふるまちを
とおいくにからおちてくる
このおもいでを　このおもいでを
いつのひか　つつまん
あたたかき　しあわせのほほえみ

この歌を初めて聞いた日のことを遼一は覚えている。

遼一は五歳。それは生後二ヵ月の妹の真衣が亡くなった二十三年前の一月だった。沖縄で葬儀を終え、遼一たち一家は東京に帰省していた。

納骨を済ませ、明日は沖縄に戻るというその日――一家が駅前の商店街を歩いているときに、それは起こった。

ふいに空から何かが落ちてきた。その数はだんだん多くなり、触れると冷たい。

「これは何、お母さん？」

沖縄には雪が降らない。真冬でも十度を切ることは滅多にない。東京に一家で帰省するのはいつも夏だったから、震えるような寒さも、シンとした空気の感触も、遼一には初めての体験だった。

「雪よ」

話に聞いて知っていた。そういえば絵本で見たこともある。ああこれがそうなのかと、初めて

郵便はがき

料金受取人払郵便

麹町支店承認

6747

差出有効期間
平成29年1月
9日まで

切手を貼らずに
お出しください

1 0 2 - 8 7 9 0

1 0 2

［受取人］
東京都千代田区
飯田橋2—7—4

株式会社 作品社
営業部読者係　行

【書籍ご購入お申し込み欄】

お問い合わせ　作品社営業部
TEL 03(3262)9753／FAX 03(3262)9757

小社へ直接ご注文の場合は、このはがきでお申し込み下さい。宅急便でご自宅までお届けいたします。送料は冊数に関係なく300円（ただしご購入の金額が1500円以上の場合は無料）、手数料は一律230円です。お申し込みから一週間前後で宅配いたします。書籍代金（税込）、送料、手数料は、お届け時にお支払い下さい。

| | | |
|---|---|---|
| 書名 | 定価　　　円 | 冊 |
| 書名 | 定価　　　円 | 冊 |
| 書名 | 定価　　　円 | 冊 |
| お名前　　　TEL　（　　） | | |
| ご住所　〒 | | |

フリガナ
お名前

男・女　　　　歳

ご住所
〒

Eメール
アドレス

ご職業

ご購入図書名

●本書をお求めになった書店名

●ご購読の新聞・雑誌名

●本書を何でお知りになりましたか。

イ　店頭で

ロ　友人・知人の推薦

ハ　広告をみて（　　　　　　　　）

ニ　書評・紹介記事をみて（　　　　　　）

ホ　その他（　　　　　　　　　）

●本書についてのご感想をお聞かせください。

ご購入ありがとうございました。このカードによる皆様のご意見は、今後の出版の貴重な資料として生かしていきたいと存じます。また、ご記入いただいたご住所、Eメールアドレスに、小社の出版物のご案内をさしあげることがあります。上記以外の目的で、お客様の個人情報を使用することはありません。

遼一は納得した。

しかし、頭でわかっても、目の前の情景が不思議なものであることには変わりがない。

「綺麗だね」

本当はもっといろいろなことを思った。だがまだ語彙の少ない遼一には、このくらいの言葉しかいえない。

「そう綺麗ね」

機械のような声が返ってくる。母は東京に来てからずっとこうだった。いつもと変わらず優しい。けれど、何も見ていず、誰の話も聞いてはいなくて、本当の母はどこか遠くにいるようだ。

雪は降り続いていた。

なんて不思議なんだろうと、遼一は手を上に差し伸べてみた。白くて、冷たくて、軽々としていて。風にあおられて一片一片がさまざまな方向に翔んでいる。まるで意思を持っているかのようだ。

やがて辺りは落ちてくる雪片でいっぱいになった。

それは花びらのように音もなく舞い、街路樹を装わせ、アスファルトの道を潤し、消えていく。

どこからきたのだろうと思いをめぐらせ、遼一は空を見上げた。

そのとき、商店街のスピーカーから歌が流れてきた。

ゆきのふるまちを

とおいくにからおちてくる

「真衣ちゃんは天国にいったのよ」

あの夜、母はそう言った。

迎えにいこうと言われ、遼一は天国にいくつもりでついていった。真衣は天国というところに遊びにいったと、そう思ったからだ。

しかし、連れられていったのは、真衣が入院しているいつもの大学病院だった。

エレベーターは六階で止まった。真衣のいるいつもの階だった。

廊下に教会の人たちがたくさんいた。父と母だけが病室に入って行き、待っている間みんなが優しく遼一に話しかけてくれた。

「誠二君はおうちなの？」

「うん」

「誰かが見てくれてるの？」

「古謝《こじゃ》さんが家にいるの」

やがて父と母が真衣と一緒に出てきた。

「真衣ちゃん、眠ってるの？」

父の腕の中で眼を閉じたまま動かない真衣を見て、遼一が尋ねた。

「ううん……」

母があふれる涙をハンカチで押さえて答えた。

「真衣ちゃんは天国にいったのよ」

遼一は母をじっと見た。

天国？

だって真衣ちゃんはここにいるじゃないか。


あの日から五日が経っていた。

真衣が天国にいったとはどういうことなのか、遼一はおぼろ気ながらわかり始めていた。真衣の小さな身体は焼かれて、もっと小さな「お骨」になってしまったから。

天国にいくというのは、姿がなくなってしまうこと、もう会えないということ、天国という場所以外には、ここには、真衣は絶対にいないということ。

遼一の目に涙があふれてきた。

「遼ちゃん、どうしたの？」

驚いて立ち止まった母がしゃがみこんで遼一の手をにぎった。母の頭にかかった雪が水滴となり、その髪が洗いたての葡萄のようにつやつやと見える。ひとひらの雪が睫毛にかかり、母は大きく瞬きをしてそれを払った。

「遠い国に行ったの？」

たったいま耳にした歌の歌詞が遼一の心には残っていた。

「雪の落ちてくる、遠い国に、真衣ちゃんはいったの?」

やむことなく雪は降っていた。そのうちの一片がまた母の睫毛にとまった。母は今度は瞬きをしないで、雪片を乗せたままじっと遼一を見ている。やがてその目から涙がこぼれ、睫毛の雪を溶かした。

「そうよ。ええ……そうよ。真衣ちゃんは遠い国に行ったの。雪が落ちてくる……遠い国へ」

「天国は遠いの?」

雪は遼一の睫毛にもとまった。視界が遮られて母の顔がはっきりと見えない。

急に母は声をあげて泣き始めた。両手で顔を覆い、もう涙で答えられない。頭上で、二人を見ていた父の低い声がした。

「そうだ、とても遠いんだよ。とても……」

ゆきのふるまちを　ゆきのふるまちを
あしおとだけが　おいかけてゆく
ゆきのふるまちを
ひとりこころにみちてくる
このかなしみを　このかなしみを
いつのひか　ほぐさん
みどりなす　はるのひのそよかぜ

真衣の誕生の記念に、父と母はピアノを購入した。その時すでに真衣は重傷の心疾患をわずらっていることが判明していたから、だから贈り物には願いがこめられた。元気になり、退院して、真衣が必ずこのピアノを弾く日がくるように、と――。

しかし真衣は逝った。持ち主のないまま、ピアノは部屋のかたすみに無言で佇んでいた。

最初に音を奏でたのは遼一だった。

真衣を送った一月が去り、季節はひとめぐりしてふたたび冬を迎えていた。太陽が顔を出せば半袖でいられる沖縄の暖かい冬だったが、テレビのニュースは本土の積雪を報せていた。降りしきる雪の中を大勢の人々が、白い息を吐きながら急ぎ足で歩いている。

遼一は画面に見入った。けれどその表現は正しくないのかもしれない。実際は、バックに流れている曲が遼一をテレビの前に引き寄せた。

あの歌だ。東京で聴いたあの歌だ。

そのとき母は留守だった。忘れないうちに、あの歌を覚えてしまおう。

遼一はピアノに向かった。

ひとさし指で最初の音をさぐる。あとは夢中だった。間違いながら、試し試ししながら――。

鍵盤の音が望んでいたメロディーとなって指先から流れ出てきた時、遼一はそのピアノの音と同じ透明な胸の響きを覚えた。だから母が帰ってきたことにも気づかなかった。

「遼ちゃん」

ふり返ると母がいた。東京でのあの雪の日のように、目にいっぱい涙を浮かべている。

「すごいわ、あなた……いつのまに。なんて綺麗な音なのかしら」

でも表情は違った。震える口が微笑していたのだ。

母がゆっくりとピアノに近づいてきた。まるで空気を手探りしているかのように、少しずつ。

「ありがとう」

母の腕に遼一は抱きしめられた。

「ありがとう。遼ちゃん」

ゆきのふるまちを　ゆきのふるまちを
いぶきとともに　こみあげてくる
ゆきのふるまちを
だれもわからぬ　わがこころ
このむなしさを　このむなしさを
いつのひか　いのらん
あたらしき　ひかりふる　かねのね

ピアノの音は最後の歌詞そのままに、鐘の音のような音を部屋中に響き渡らせ、長い余韻を残して終わった。

「遼一の歌、素敵よ。素敵すぎて……」

吐息のような茉莉亜の声がした。

「なぜ音楽をあきらめたの。こんなに素敵なのに。歌ってるときの遼一って、最高なのに……」

六歳から始めたピアノ。

遼一はピアノに夢中になった。熱中すると時間を忘れ、何時間でも弾き続けていられた。ショパンを愛し、リストに心酔した。その腕はピアノ教室の中でも群を抜いていた。

しかしクラシックに限らず、遼一は音楽は何でも好きだった。小学校の時にはラジオのポップス番組などかじりついて聴いていたし、中学生になると歌創りを始めた。大学では音楽好きな仲間とバンドを組んでライブハウスに出演したりもしていたのだ。

「ピアノやってたから実力あるし……」

言葉では足りないとでもいうように、茉莉亜が焦れたように揺り椅子を揺らし始めた。

「いい歌もいっぱいつくってたし。プロにだってなれたのに」

「かいかぶりだ」

「違うわ。高校のとき、ラジオのコンテストにも優勝したじゃない」

「あれはローカル。中央でなんてレベルが違うさ」

「じゃあ、試したの？」

椅子の揺れを止め、咎めるように茉莉亜が身を乗り出してきた。

「一度でも試したことあるの？」

「約束は守ったぞ」

話を打ち切るように、遼一はピアノの蓋を閉じた。

# 七

十二月。茉莉亜が待ち望んでいた初雪が降った。街路樹はイルミネーションに飾られ、ショーウインドーには樅の木やプレゼントの箱がディスプレーされている。店々の軒先はポインセチアの鉢で赤と緑に彩られていた。

今日から茉莉亜は午後だけパートで駅に近い「シャンゼリゼ」という美容院の受け付けをすることになっていた。

帰宅した茉莉亜は遼一の部屋で子雀みたいに喋った。

「疲れたわ。ずっと立ちっ放しなんだもの。初めてで、緊張しちゃって。でも、お店の人みんないい人みたいで、店長も親切で感じのいい人で。それから、遼一、聞いてる？」

「聞いてるさ」

遼一はソファーで広げていた新聞をたたんだ。

「店長は女の人でね、五十歳くらいかしら。若々しくて洒落た雰囲気の人よ。でも店長以外はスタッフのほとんどが男の人。みんな若くてね。お客さんを女王様みたいに扱うの。言葉遣いも丁寧で、話術も巧みだし、本当のプロね。都会の男性って、どうしてあんなに垢抜けているのかしら」

「何だよそこ、ホストクラブじゃあるまいし、『お客さま、お客さま』なんて言って、帰りがけ、ちゃっかり自分の名刺でも渡してるんじゃないのか。おまえ、世間知らずだからさ、そんな連中に囲まれて、おちるなよ」

「おちるって?」

茉莉亜の目が大きく丸くなった。れいのアリスの表情だ。

「どういう意味。な、なに考えてるのよ……」

ひさしぶりに、すぐむきになる本来の茉莉亜だ。こんな時、茉莉亜はちょっとだけ吃る。

「たてまえと本音の使い分け。こっちじゃそれが決め手なんだ。おまえなんか馬鹿正直で、未だにお子様ランチの似合う精神年齢だろ。遊び気分じゃつづかないぞ」

「いったわね、見てらっしゃい。今に逡一がほれぼれするようなキャリアウーマンになってみせるから」


勤め始めて茉莉亜はずいぶん明るくなった。何にでも一生懸命になる性格が幸いしてか、店の人にも可愛がられているようだった。

「お店でね、お客さんから『変わった名字ね』ってよく言われるの。『沖縄の名字です』ってこたえてたら、いつのまにか私、沖縄の人間ってことになっちゃって」

今も茉莉亜が名乗っている伊礼《いれい》は、友剛の姓だった。

「シャンゼリゼの人間はおまえのこと知ってるのか？」

「未亡人ってこと？　店長だけ。あとはみんなが沖縄県人だと思ってる」

「だっておまえ、あっちの人間にはとうてい見えないぞ。おまえなんかヤマトーンチュの代表みたいな顔じゃないか」

ウチナーンチュと呼ばれる沖縄県人は肌が浅黒く、眉が濃く、顔の骨格も幾つかにパターン化して見える独特の特徴があった。それに比べて茉莉亜は色白で、卵に目鼻。どう見たってヤマトーンチュ。本土人だ。

「わかってる。でもどこにだって例外というのはあるでしょ。それに私がどこの県の人間であろうが、お店には関係ないでしょ」

しかし、いささかだが店にも関係のあることが起こった。美容師の一人で相原という男が、中高校時代を沖縄で過ごしたと言って茉莉亜に話しかけてきたのだ。

奥の部屋で交替で休憩をとっている時で、部屋には店長も一緒だった。

「伊礼っていう名字、僕の友達にいたな。わりと仲よかったんだ。名前はカントっていってね。珍しいでしょ。冠と人って書くんだ。哲学者のカントからとったらしくて」

それを聞いた茉莉亜の顔からは、表情が一挙に失われていった。伊礼冠人とは、友剛の弟の名だったからだ。

「お兄さんの名前もすごいんだよ。作家のビクトル・ユーゴーからとって、友剛って……」

話の途中で茉莉亜は泣きだしてしまった。

幸い、落ち着くまで店長が仕事から外してくれた。忙しい最中だったので他の人間には気づかれずに済んだ。だが相原には店長が事情を打ち明けた。

「驚いたわ、こんな偶然って本当にあるのね。——相原さんって、いい人よ。あの日以来、私にすごく気を使ってくれてるの。ほかの美容師さんに比べると控えめな人でね。でも腕はトップクラス。お得意さんをいっぱい持ってて、指名もとっても多いの」

これが茉莉亜から相原という男の名を聞いた最初になった。

その後、彼のことは話に何度も登場するようになった。

## 八

十二月も半ばになった。冷たく乾いた風が音をたてて街を吹き荒んでいく。冬枯れした街路樹は寒風にさらされながら寒々と歩道に佇んでいた。

遼一は風邪をひき、二日も寝込んでいた。

「まだ食欲ないの？」

寝室のドアから顔を半分だけ覗かせた茉莉亜がいった。

「食べなきゃ熱に勝てないわよ。明日は休めないんでしょ」

「昨日よりは下がってるんだ、寝ときゃ治るさ」

「駄目、体力つけなくちゃ。食事つくったの。起きてきて、ね」

逆光線で茉莉亜の表情は見えなかった。が、二つ並んだベッドの一つが空っぽの夫婦の寝室。そのドアを開けて、茉莉亜はいま何ごとかを感じたに違いない。

パジャマの上にガウンを着込み、リビングに行くと、茉莉亜がキッチンでスープをかきまわしていた。

「よかった。起き上がる元気があるなら、食べられるわ」

ソファーに埋まると、めまいと軽い吐き気がした。

「冷たいお茶をくれよ」

冬の冷蔵庫に、そんなものはないのを思い出したのは言ったすぐあとだった。しかし茉莉亜は「はい」と返事をして、冷たい麦茶を持ってきた。

「いろいろつくってきたのよ。遠慮なくなんでも言ってね。日頃の恩返しに、今日は私、『鶴』になっちゃうから」

遼一は笑った。何か気のきいたことを言い返してやろうと思ったが、頭痛がして頭が働かない。そのせいだろう、茉莉亜がキッチンから投げ掛けてきた言葉にも、考えなくうっかりと応じてしまった。

「可南子さん、っていったっけ、遼一の奥さん。どんな人？」

「美人だ」

「まあー！」大きな呆れ声が上がった。「遼一にしちゃ言うじゃない。美人だから結婚したの？」

「違う」

「じゃあ、どうして？」

遼一は答えない。沈黙を長引かせる愚を茉莉亜は察したらしい。次の質問が続いた。

「入籍だけで式は挙げなかったんですって？　私、遼一が結婚したこと、ここに来る話がでた時に初めて聞かされたのよ。びっくりしたわ」

「柄じゃないし。大げさにしたくなかったんだ。相手が、家庭に複雑な事情があってさ。高校まで施設で育ったんだ」

頭痛をなだめるように額に手をあて、遼一は続けた。

「交際を始めて二ヵ月くらいたった頃だった、会社から辞令が下りた。ニューヨークへ、一ヵ月後だ。予定もなにもあったもんじゃない。上司に話すと、決めてるんなら結婚して連れてった方がいいと言う。それでバタバタと入籍となった。ところがいざふたを開けてみると、現地の都合でニューヨーク行きは延期。それで話はおしまい、というわけさ」

スープを手にした茉莉亜がやってきた。

「ちっともおしまいじゃないわ。じゃ、遼一はいつかニューヨークに行っちゃうの？」

「まあ、な」

テーブルにスープを置いて茉莉亜が向かいに座った。入学試験の合否の掲示板を前にした中学生のような顔をしている。

「いつ?」

「来年。さ来年かな。俺にもはっきりとした日付はわからないよ」

「ことわれないの?」

「ことわれるさ」

「本当!」

「でもそうしたら遅れをとる」

「何に?」

「出世」

張り詰めていた茉莉亜の全身の筋肉が呆けたように解けた。髪に手をやり、白けた表情で遼一を見ていたが、しばらくして気を取り直したらしく、話を逸らせた。

「可南子さんって人、そんなに短期間で結婚を決めたのね。すごいわ。私なんかずいぶんかかったのに……」

「俺がエリート商社マンだからさ」スープを啜りながら遼一がいった。「だから結婚したのさ」

「そんなわけないじゃない。計算だけで結婚できるわけないじゃない。遼一がそんな人と結婚するわけないじゃない」

「魔がさしたんだよ。俺は女を見る目がないんだ」

いちども顔を上げずにスープを啜っている姿から、茉莉亜は何ごとかを感じとったらしい。ふたたび話題が変わった。

「相原さんにね、今日のお休み、デートに誘われてたの」

遼一は眼を上げて茉莉亜を見た。

「でも、ことわっちゃった。疲れがたまっているので、家でゆっくり休みたいからっていって。なんとなく感じてはいたんだけどね。いつか誘われるんじゃないかって。でも私……どうしたらいいかわからない」

テーブルの一点を見つめ、しばらくもの思いにふけっているようだったが、やがて視線を移して、語り始めた。

「私ね、小さな時から自分に自信がなかったの。紗羅は美人で頭がよくて、美香は潑剌として正しくて、里辺香は優しくて芯が強くて。それなのに私は、いつだって情緒不安定で、子供っぽくて、泣き虫で……。でも誠二を好きな気持ちは誰にも負けなかったの。打ち明けられなくても、いつか気持ちは通じるって思ってた。きっとその日は来るって信じていたの。それなのに誠二は紗羅と結婚したわ。私、もともと自分に自信がなかったのに、これで決定的になっちゃって。わたしはきっと女としての魅力がないんだわって、すっかりひねくれちゃって……。でも、そんな私が、友剛に会って変わったの」

二人が出会ったのは、沖縄の環境衛生研究所に勤めていた友剛が、職場のクリスチャンの同僚に誘われて教会に来たことがきっかけだった。やがて友剛はその年のクリスマスに洗礼を受ける。茉莉亜との交際はその頃から始まった。

友剛は温かく大らかな人柄だった。茉莉亜は彼といると、すべてを丸ごと引き受けてもらっているという安心感を抱くことが出来たという。友剛との交際が深まり、その愛を確信していくにつれて、誠二との失恋の痛手から立ち直っていったのだった。

「この人に逢うために、つらい恋を経験したんだと思ったの。あの経験がなかったら、私は友剛の良さがわからなかったかもしれないわ」

プロポーズの言葉。婚約時代のエピソード。

ハネムーンの思い出。結婚してからの幸福な日々。

チェストの時計の長針が一巡りした後も、茉莉亜の話は止まらなかった。

「世界中の人々に、『私たちを見て。ほら、こんなにハッピーなカップルなのよ』って、叫んで回りたいくらいだったわ。友剛に愛されて幸せだった。彼に出会って、やっと私は、それまでの自分にさよならが出来たの」

「おかわりする？」

スープ皿は空になっていた。そのことに気づき、茉莉亜は話をやめた。

「いや」

「熱、計ってみる？」

「いいさ、それより続きをしろよ」

「続きって？」

「友剛のこと」

「ああ……」

急に物憂げに、茉莉亜はソファーにぐったりと細い身体を押しつけた。

「もういい。気負って喋ってたら、疲れちゃった。でもね……あ！　もともと何を言おうとしてたか思い出したわ」

声を弾ませ、身を乗り出してきた。

「相原さんのこと。どうしよう……」

とたんに顔が暗くなった。点いたり消えたり、まるで夜のネオンサインみたいだ。

ソファーにもたれ、遼一は大きく伸びをした。

「そんなこと俺にきくなよ」

「だって、困るわ。また誘われたらなんて言ってことわったらいいの？」

「ことわらなきゃいいじゃないか」

「だって……」

「お茶に行くくらいだろ。ホテルに誘われたわけじゃなし、真剣に悩むなよ。おまえ、ぜんぜん遊んだことないんだから、おとなしそうな奴だっていうし、適当につき合って男の免疫つけろよ。そのうちまたいい相手にめぐり逢うかもしれないんだから」

「遼一の馬鹿！」

だしぬけに茉莉亜が立ち上がった。

「そんなことできるわけないじゃない！　どうして友剛の話を私がしたと思ってるのよ！　遼一ったら、りょ、遼一ったら、都会に住んで人が変わっちゃったの！」

興奮して吃り方がいつもよりひどくなっている。

「いい相手ですって！　い、いい相手ですって！　友剛みたいな人、もういるわけないじゃないの！」

唖然と遼一が見ている中を、ドアに向かっていった。

やがて玄関の扉を乱暴に開閉する音が響いた。


翌朝、出掛けに電話が鳴った。

「具合どう？」

茉莉亜の声だ。

「なおった。これから会社に行く」

「よかった。ごめんね、忙しい時間に。ちょっと気になって……」

「おお、病人を放って行ってくれるもんな。マリア様みたいなおまえの優しさには涙が出るよ」

「切るわよ」

「今日、仕事早く切り上げて、シャンゼリゼにおまえ迎えに行ってやるよ」

返事がない。遼一は腕時計の時刻を見た。

「男がいるってわかったら、相原ももうおまえのこと誘わないだろ」

「いつから遼一が私の男になったのよ」

「ヤバイ。時間だ」

「あ、待って、切らないで、遼一ありが……」

遼一は受話器を置いた。

# 九

十二月の午後七時の藤沢駅の周辺は活気に満ちている。ビルの谷間を流れるクリスマスソング。イルミネーションで飾られた街路樹。小田急、江ノ電、ＪＲの三つの改札口周辺には人々が絶え間なく出入りしていた。

人の波に押されるようにして遼一はホームに降り、シャンゼリゼに向って歩き出した。店は北口のＪビルの横手の道を入ったすぐにある。行くのは初めてだったが、茉莉亜から聞いて場所は察しがついていた。

それは四つのテナントを持つ雑居ビルの一階で、道に向かって全面にガラスをはり巡らせ、外壁や窓枠、内装を、白と黒で統一したモダンなつくりの店だった。

近づくと、受け付けで書き物をしている茉莉亜の姿が見えた。美容師の中に相原らしい人物を探してみたが、遼一にはわからなかった。

やがて茉莉亜が顔を上げ、向いのビルの前にいる遼一を見つけた。側にいたチーフとおぼしき女性に何か言い、こちらに手を上げて合図をしている。そんな茉莉亜に気づいた店内の人間が、ガラスを透かして遼一を見た。

しばらくして茉莉亜が通りを小走りで渡ってきた。

「腕を組んで」

そばにくるなり押し殺した声でいった。

「相原さんが見てるわ」

雑踏の騒音が寄り添って歩く二人にシャワーのようにふりかかってくる。角を曲がると茉莉亜は腕をはなした。

「こわいの……。相原さん今日も私のこと誘ってきたの。誘いをことわったことで思い詰めたみたい。遼一が来る少し前よ、『好きだ』って言われたの」

ゲームセンターのミラーボールが道ゆく人々を照らしだしている。

緋色に染められた茉莉亜の表情は暗かった。

「わからないわ。どうしてそんなことを言うの。私のことなんてよく知らないのに。素敵な人、まわりにいっぱいいるのに……。同情なんだと思うの。この若さで未亡人でしょ。きっと私のことをかわいそうに思って。でなきゃ私なんか……」

バス停が見えてきた。二人の乗るバスが近づいている。

「そんな言い方よせよ。おまえ、友剛に会って変わったんだったろ」

バス停を目指し、遼一は走り始めた。

「自分に自信、持てるようになったんだったろ」

茉莉亜も走り出していた。

長い髪が風を集めて広がっている。小さな顔、ほっそりとした手足、華奢な身体を覆う煉瓦色のコート。羽でもあれば浮かびあがりそうだ。

「おまえは綺麗だ」

吐く息が、白く躍動していた。イルミネーションの光。騒ぐ風の音。遼一は自分がいま口にした言葉が、現実のものではない気がしていた。

大通りを横切る。

サーチライトの明かりが管制塔の灯のように、シンセサイザーの音楽が指示音のように感じられた。道路が滑走路に見えてくる。このまま走り続けたら飛べそうな気がした。いやきっと飛べるに違いない。胸の中にある言葉をいま、吐き出してさえしまったら。

「おまえは綺麗だ。だから相原はおまえを好きになった。ちっとも不思議なことじゃない。自分に自信を持つんだ、茉莉亜。でなきゃ友剛と出会った意味がない。友剛に、愛された意味がない」

バスが発車しようとしている。すべり込みで間に合った。

夜道に二人の並んだ靴音が響いている。

マンションの近くまで来た時、前の歩道から遼一の部屋を見上げている人影に気がついた。遼一は立ち止まった。

一瞬心臓が停止し、次の瞬間、血液が逆流して勢いよく流れだしたかのようだった。その鼓動の音は、きっと茉莉亜に伝わったに違いない。茉莉亜は、とっさに状況を理解した。

「可南子……さん？」

人影が振り向いて二人を見た。並んで寄り添っている遼一と茉莉亜を――。

可南子と遼一の眼が合った。

永遠にも感じられるわずかの時間。

次の瞬間、可南子は駆け出していた。

「待って！」

茉莉亜が後を追おうとした。

「よせ」

遼一はその腕を捉まえた。

「どうして？　どうしてあとを追わないの？　あの人誤解したわ。私と遼一のこと、きっと誤解したわ」

いきなり茉莉亜は泣きだした。

「あの人、遼一の部屋を見てたわ。こんな寒さの中を、中にも入らないで立って。こんな暗い中を、一人ぼっちで立って。どうして行かないの？　どうして何もしないままなの？　どんな事情があるのか知らないけど、こんなのっておかしい。こんなのって悲しい」

声はふるえていたが、言葉は明瞭だった。

「遼一っておかしい。遼一って悲しい。どうして気持ちのままに動けないの？　本音が言えないの？　あの時もそうだった。大学決めた時もそうだった。本当は音楽やりたいくせに、自分の心に嘘ついて。人にも嘘ついて。いつも自信がなくて。体当たりできなくて」

責めるように遼一の腕をつかみ、発作か何かのように泣いている。

遼一は茉莉亜の肩を抱き、マンションに入っていった。

エレベーターの中で茉莉亜は泣きやんだが、その後はずっと黙りこんだままだった。部屋まで送っていき、廊下を戻りかけた時になって、初めて名前を呼ばれた。遼一はふり向いた。

「どうしてあの人と結婚したか……わたし……すぐにわかったわ。遼一がどうして可南子さんと結婚したか……一目見て……すぐに」

盛り上がってきた涙を、茉莉亜は挑むように片手で振り払った。

「紗羅に似ていたからだわ。もしかしたらって思ったこともあったの。遼一は紗羅を好きなんじゃないかって、もしかしたら……。やっぱり……やっぱりそうだったのね。紗羅が好きだったから、紗羅に似ていたから、だからあの人と……結婚したんだわ」

部屋に帰って一人になると、急激に疲れが襲ってきた。

ソファーに身を沈め、遼一は目を閉じた。

可南子が来た。

なぜ?

この部屋を見上げていた。

どうして?

平日のこの時間に、遼一がマンションに帰り着くことはほとんどない。それを承知で、灯りの点いていない部屋を、可南子はなぜ見ていたのだろう。

なぜ?

あるいは、もしかしたらと待っていたのだろうか。

待つ?

でも、どうして?

落ち着くんだ——。

遼一はこめかみに両手をやり、強く押さえた。

わざわざ来たのではないかもしれない。どこかの帰り道かもしれない。近くに用があって、ついでにふと思い出の部屋を見上げただけなのかもしれない。

自分から出て行ったのだ。自らその道を選んだのだ。可南子にとってこの部屋は、過去のものに違いないのだ。

遼一は敢えてさっきの茉莉亜の言葉に思いを集中しようと努めた。

誠二は紗羅への思いを隠さなかった。自分の気持ちに正直で、欲しいものは手に入れる。そのための努力を惜しまなかったし、それを成し遂げる能力も持ち合わせていた。だから誠二と紗羅との仲は早くから互いの家族の認めるところだったし、周囲はこのカップルを祝福していた。紗羅は誠二と結婚をして、幸せになったのだ。

最初は気のない見合いだった。上司に勧められて一度会うだけだからと、ことわりきれなかった。しかし彼女を一目見た途端、遼一の心は揺れた。

紗羅に似ている。

「やっぱり、やっぱりそうだったのね。紗羅が好きだったから、紗羅に似ていたから、だからあの人と、結婚したんだわ」

ちがう！

心の中で遼一は大きくかぶりをふった。

最初、紗羅に似た外見に惹かれたのは事実だ。だが二人で何度か会ううちに、勝ち気で烈しい紗羅とは違う彼女の内面、いやむしろ紗羅とは正反対の彼女そのものに、強く惹かれていった。

口数の少ないもの静かな女性だった。遼一よりふたつ年下だったが、思慮深く落ち着いた大人に見えた。だから最初は紗羅と重なって見えた外見も、その内面があまりに違うので、いつのまにか気にならなくなった。結婚を意識し始めた頃には、遼一の目には彼女は紗羅に似た人ではなく、この世の中で唯一の女性――可南子として映った。

不思議なのは可南子といると沈黙が気にならないということだった。言葉を取り繕わなくとも二人でいて気まずい思いをしたことがなかった。何も言わなくとも彼女は自分を理解してくれている。どうしてか最初から遼一はそう感じていた。可南子の存在は遼一にとって、音楽を聴いているように自然だったのだ。

ひかえめで自制がきき、いつも受け身だった。けれど一度だけ、遼一は感情に走った可南子を見たことがある。

交際が始まって間もなくだった。遼一の職場でテロリストによる爆弾騒ぎがあった。送られてきた小包みが爆発したのだ。開封者は重傷、周りにいた人間も負傷した。

遼一はそのとき外出中で、現場に居合わせなかった。しかしその事件は速報でテレビに映し出され、外にいた者は急遽社に戻った。

ビルは封鎖され、玄関は警察と報道関係者でごった返していた。社の人間はその対応に追われていた。

可南子が遼一を訪ねてきたのは、そんな取り込みの最中だった。関係者以外は社内に立ち入り禁止だったので、受け付けからの電話に、遼一は向かいのビルのロビーで会うと伝えた。

入っていくと、窓を向いて立っていた可南子が振り向いた。

「ごめんなさい、わたし……ニュースを知って……」

遼一は驚いた。彼女の両頬が涙にぬれていたからだ。

「ご心配をおかけしました。同僚で、重傷を負った者がいるのですが、僕はそのとき不在で

時刻は昼の二時だった。仕事はどうしたのだろう？　可南子の職場からここまでは、タクシーをとばしても三十分はかかる。嬉しいというより、意外な気がした。まだ会って日が浅い。感情を表にあらわさないクールな女性だと思っていたのに。

「すみません。ご迷惑もかえりみず、こんなところまで来てしまって。でも私……たしかめずにはいられなくて。……あなたに何かあったら……あの……あなたが死んでしまったりしたら、もう……」

涙で続きの言葉が言えない。

「僕はそんなに簡単に死んだりしません」

取り敢えず深い考えもなしに遼一は言った。どんな言葉をかけたらいいのかわからなかったからだ。この時の遼一は、自分の気持ちをうまく表現できないというよりも、思いがけないこんな彼女を前にして、そもそも自分がこの事態をどう感じているのか、自分で自分の気持ちさえ、よくはわからなかった。

「いいえ」

意外にも遼一の言葉に可南子はきっぱりと顔をあげた。

「人は、とても簡単に死にます。こんなことが起こるはずはないなんて、そんなことはないんです。どんなに悪いことだって、起こる時は起こります。だからわたし、たまらなくて……」

そのとき可南子は濃い菫《すみれ》色のスーツを着ていた。白いレースの衿が清潔な感じで、それは色白の肌によく似合っていた。

ゆるやかにカールした髪。まっすぐな眉。涙のたまった眼。瞳に遼一が映っている。

この瞬間、遼一は恋に落ちたのだ。

しかし遼一には不思議だった。可南子ほどの女性ならば、いくらでもほかに相手は選べただろうに、と。

遼一と可南子は結婚した。日々、可南子は深く沁み通るようなまなざしをして、優しげに遼一を見た。二人でいるときに沈黙は暖かく、遼一は愛に包まれているのを感じた。

しかし、可南子は家を出た。

遼一は立ち上がって窓辺にきた。

ミモザが風にゆれていた。しばらく可南子がいた辺りの歩道を見下ろしていたが、やがてカーテンを閉めた。

十

師走も半ばを過ぎ、寒さが本格的となった。

葉の落ちた街路樹の下、マンションに茉莉亜を送ってきた相原の白いセダンを遼一は見かけるようになっていた。遼一とのことは芝居だったと正直に説明したとのことだった。

行儀のいいティーンエイジャーのような交際ぶりだった。食事に行ったり、映画を観たり。夜も遅くなることはない。

街はクリスマス一色に華やいでいた。

電飾がきらめくツリー。手を組んで歩く恋人たち。「赤鼻のトナカイ」や「サンタが町にやってくる」に混じって、「もろびとこぞりて」や「牧人ひつじを」などの賛美歌が商店街に流れている。

ある夜、遼一の部屋で揺り椅子に埋まった茉莉亜が言った。

「相原さん、クリスマスに教会に行ってみたいって言うの」

ソファーの長椅子で新聞を広げていた遼一は、眼を茉莉亜に向けた。

「友剛とは教会で知り合ったって言ったら、すごく興味を示して。聖書なら僕も読んだことがあるなんて言い始めて、信仰の話になって……」

両手で顔を覆った。

「私……つらい」

声もなく泣き始めている。

遼一は新聞を脇にやった。

「以前だったらこんな言葉に飛びついていたわね。人が教会に行きたいと言い始めた。さあその人にもっと親切にしなくちゃ。その人にもっと感じよく接しなくちゃ。教会がどんなにいいところか、神様がどんなに素晴らしいお方か、私が身をもって証ししなくちゃ。そして私はいい子になるの。嫌なことがあってもにこにこしてて。その人の悪いところも許して。でも駄目……私、もう人を許せない。許さなくちゃ、許さなくちゃって思ってたの。あの人たちは知らないんだから。あの人たちには、わからないんだからって……。友剛が死んで日も浅いうちに『またいい人が見つかるわよ』って言った人がいたわ。『たった二ヵ月だけの夫だったんだから、すぐ忘れられるわよ』って言った人も。私……みんな許せない。悪意じゃないんだから、慰めようとしてるんだから、励まそうとしてるんだからって、自分の気持ちを押さえて。私だって反対の立場だったら、もしかしたらそう言ってたかもしれないって、一生懸命自分に言い聞かせて、許したふりをしてた。でも、嘘。本当はそんなことを言った人たちの顔も見たくなかったの。心の中に怒りがあったの」

うつむいて見開いた茉莉亜の眼に、涙が一度にあふれてきた。

「でも一番許せないのは、自分。人を許すことのできない……自分」

「許せないなら、許さなきゃいいじゃないか」

足を組み、遼一はゆったりとソファーの背にもたれかかった。

「俺なんかそんなことで悩んだことないぞ。もっと気楽に考えろ。肩の力を抜けよ」

遼一を見つめた茉莉亜の顔に、微笑がさざ波のように広がっていった。

「遼一って不思議ね。小さい時から一緒に教会学校に行って、説教を聞いて、お祈りもして、それなのにこんなに違うのね。紗羅とも美香とも里辺香とも違う。どうしてそんなふうに考えることができるのか不思議。お母さんとママの違いかしら。でも誠二は違うし……」

「性格の違いさ。俺は誠二と違ってひねくれてるからな」

「いつだって悪ぶるんだから。まえから聞きたいと思ってたの。なぜ教会に行かなくなったのか。信仰を失ってしまったのか。真面目な質問よ。私のこれからの生き方にも関わってくるの。教えて、お願い」

最初は冗談めかしていたのに、遼一に向けた茉莉亜の眼は真剣だった。その眼を見ているうちに、逃げられないな、と、覚悟を決めた。

「信仰を失ったって、そう言ったな。違う、そうじゃない。失ったんじゃなく、初めからそんなものを持っていなかったんだ」

視線をテーブルに落として、遼一は語り始めた。

「俺に妹がいたことは知っているな。真衣といって、生まれた時、俺は五歳だった。子供心にも妹ができて嬉しかった。赤ん坊で、いつも眠っていて、早く大きくなればいい、一緒に遊べるようになればいいって思ってた。その日が待遠しかった。でもしばらくして病気だってわかって、真衣は入院した。見舞いに行くと、よく薬で眠らされていたよ。いつも裸だった。見たこともないガラスの箱に入れられて、その頃の俺にはわからない、いろんなものが身体につけられていた。呼吸器、チューブ、モニター。ただ注射だけはわかった。注射針がいつも真衣の、小さな細い腕に刺さっているのだけは――。

俺も誠二も小さかったから、いつも真衣のいる集中治療室に入れたわけじゃなかった。そこに入るのには、殺菌済みの服や帽子やマスクをつけたりとか、いろんなややこしい手順がある。それに子供用のは置いてなかった。親父に抱かれて一緒に入ったこともあったけど、たいていは親父とおふくろが交替で入って、その間、入っていない方が俺たちと一緒にいた。

でも集中治療室の片側がガラスになっていて、廊下から中が見えた。真衣の咽喉に挿しこんである呼吸器が、醜い怪物みたいに見えた。それでも、待っている間、俺はいつも真衣を見ていた。早くよくなれ、そう思って。

病室にはいつも電気が点いていた、昼間でも。それが不思議だった。そのことをおふくろにきくと、夜も一日中電気は点いていると教えてくれた。俺は電気が消えて暗くならないと寝つけないたちだったから、真衣は一日中ほんとうには眠れないんだと思った。

朝、目が醒めたとき思うんだ。真衣がいまこの瞬間も、あのガラスの箱の中で、ひとりぼっちで、注射をされたまま、眠れないでいるんだ、って。すると、何ともいえない苦しい気持ちになった。もうすこし大きくなって、『鉛を呑み込んだような気持ち』っていう表現を知ったとき、このときの感じがぴったりだって思った。

俺は待っていた。真衣が元気になるのを。呼吸器も注射針もはずして、身体中の管も、貼ってあるテープも取って、ガラスの箱から出て、家に帰ってくるのを。

必ず癒される。親父もおふくろも言っていた。必ず元気になる、帰ってくる。でもそれには条件がついていた。祈ること。そして祈ったとおりになると、信じること。

俺は祈っていた。そして、そのとおりになると、信じていた。だが、真衣は死んだ。そのときは天国に行ったと聞かされた。真衣はここにいるのに、魂だけ天国に行ったと聞かされた。意味がよくわからなかった。

でもそのすぐあと、真衣のなきがらを抱いた親父やおふくろと病院の廊下を歩きながら思ったんだ。きっと電車で行ったんだって。沖縄には線路がない。絵本を見ながら思い描く、本土を走っているという見たこともない電車は、俺の憧れの乗り物だった。電車だったらきっと魂も運べるだろう。天国というところまでだって行けるだろうって……。そのうち、大きくなるにつれていろんなことがわかってきた。

真衣は生後十六日目で手術を受け、予後の経過が悪く、生後二ヵ月で望みのない再手術を受け、術中に亡くなった。大動脈縮窄《しゅくさく》という病名で、本土の病院の医療水準なら、助かる可能性があった、ということだった。——だが、わからないことも出てきた。真衣が生まれてきたこと、苦しんだことの意味。遺された者たちが味わう、悲しみの意味……」

話しているうちに、当時の思い出が甦ってきた。

真衣が生きていたのはわずか二ヵ月だった。手術と葬儀をふくむ嵐のような喧騒が去ってからは、家族は元通りの穏やかな日常に戻った。両親がどんな思いをし、遼一や誠二のいないところでどんな会話を交わしているか、幼い身では知るよしもなかったが、それでも日々の断片に、二人の深い哀切と嘆きを垣間見ることがあった。

鮮やかに浮かぶ場面がある。浜辺にいる母だ。

一家で海の家を借り、ひと夏を過ごしたことがあった。真衣が逝った年の夏のことだ。ある日、家にいると、雨が降ってきた。傘を持たずに買物にいった母を気遣い、父が遼一に迎えを頼んだ。海岸通りの一本道だった。遼一は母の傘をもって出かけていった。

土でかためたでこぼこ道にいくつもの水たまりができている。小降りだった雨は店に着く頃には本降りに変わっていた。

店に母はいなかった。

不思議に思いながら引き返すと、海岸のアダンの木の間から母の姿が見えた。雨に濡れたまま海を見つめ、浜辺に座っている。遠目に泣いているらしい様子が見て取れた。子供心にも近寄りがたい気がして、遼一はそのまま家に帰っていった。

一人で母の傘を持って戻ってきた遼一を父は不審気に見た。浜辺での母の様子を伝えると、父の顔が急にきびしく引き締まった。次の瞬間、父は雨の中を駆け出していた。

記憶はここで途切れている。

暗い、漠とした不安に塗りこめられた遠い情景。誰も何もいわなかった、なぜ母が泣いていたのか、なぜ父は傘も持たず急に駆け出していったのか。

でも遼一にはわかっていた。真衣が逝ったせいだと――。

「……何年にも渡って俺は考え続けた。でも答えはみつからなかった。五歳のとき祈った祈りは、真衣のためだった。信じたのは、そうしなければ真衣は癒されないと教えられたからだ。あれは信仰じゃない。教会に行っていたのは、習慣だった。自分でものを考えられるようになってからは、両親のために礼拝に出席していた。親父やおふくろを悲しませたくなかったからだ。だが、自分が無理をしているのは知っていた。信じてもいないのに、教会の椅子に座っているのは、苦痛だった。だからある日、もう自分を偽れなくなった」

茉莉亜はうつむき、声をたてずに泣いている。

「参考になったか？」

遼一は立ち上がって窓辺に行った。

「遅いぞ、部屋に帰れよ」

エアコンの音がパイプオルガンのようにくぐもって室内に響いていた。カーテンを引かない窓ガラスは灰白色に曇っている。

窓を開けると、雪が降っていた。

## 十一

クリスマスが終わった。茉莉亜は相原と教会へは行かなかったが、やがて年の暮れをむかえ、正月休暇をともに過ごすなかで、二人の仲は深まっていっているようだった。

「相原さんといるとね、いつのまにか私、笑っているの。一緒にいて楽しいし、ほんの少しはドキドキもするの。不思議だわ。生きている間にもう二度と、心から楽しいなんて感じることはないだろうって思ってたのに。ときめいたり、はしゃいだり、そんなことは私にとって、無縁になってしまったと思っていたのに」

遼一は茉莉亜のこの変化を喜ぼうと思った。新しい恋が始まるのかもしれない。それで茉莉亜が立ち直れるのなら、それでいい。

晴天続きの湘南の年の始まりは、穏やかで明るい陽に満ちていた。

ところが、一月も半ばに近づいた夜に、あることが起こった。

遼一が深夜に帰宅すると、マンションのロビーに茉莉亜がいた。ひとりきりで放心したように椅子に埋まっている。

「どうしたんだ、こんなところで?」

茉莉亜はぼんやりと遼一を見上げた。

「相原さんにプロポーズされたの」

ようやくそうとわかるほどの声。遼一はもっとよく聞き取るために身をかがめた。

「キスされたの」

表情のない顔に涙が一筋流れ出た。

「あの人はやさしいわ。でも……友剛じゃない」

両手で顔を覆い、茉莉亜は泣き崩れた。


ベッドの時計は午前一時四十三分を指している。

茉莉亜はあの後、泣いて気が済んだのか部屋に帰っていった。しかし、別れ際に見せたいかにも頼りなげな表情が頭から離れない遼一は、完全に寝入っていなかった。

突然、闇のなかにチャイムの音が響いた。残響が押し寄せる波のように暗い部屋を圧倒している。半分まどろんでいたが、飛び起きた。茉莉亜に違いない。

枕元の灯りを点け、ガウンを羽織り、玄関に向かう。壁時計の時刻を見て、遼一は奥歯を噛みしめた。真夜中にたて続けに鳴るチャイムの音。いくら相手が茉莉亜でも、異常だ。

ドアを開けた。茉莉亜が飛び込んできた。

乱れた髪、こわばった顔、フランネルのネグリジェ一枚の姿。この寒さにガウンも着ていない。

「遼一！」

いきなりしがみついてきた。

「こわい！　友剛がいないの！　天国がないの！　みんなにいじめられてるの！」

「どうしたんだ？　何があったんだ？」

まるで溺死しそうになっている子供だった。身体をはなそうとすると悲鳴をあげ、さらなる力でしがみついてくる。

何かがあったのだ。何があったのかはわからないが、おそらく恐い夢のような何かが——。

このままでいてやろう。落ち着くまで抱いて。ともかく今は気の済むようにさせてやろう、と、遼一が肚を決めた、その時だった。しがみついていた茉莉亜の腕の力が抜けた。

「ゆ……う、ご……う……」

まるでスローモーションビデオを観ているようだった。

両手を前にゆっくりと茉莉亜は目を閉じ、のけぞり、あわてて回した遼一の腕の中に、崩れていった。


幸い意識を失っている時間は短かかった。ソファーに寝かし、毛布を掛けている最中にかすかに瞼が動き出した。

声をかけると、茉莉亜は徐々に瞳を開けた。だが、ここがどこかわかり、目の前にいるのが遼一だとわかると、いきなり手をつかんできた。

「こわい！」

「どうしたんだ？」

遼一は残った左手を茉莉亜の手に重ねた。

「幽霊でも見たのか？　何がそんなに恐いんだよ」

「思い出したの」

「何を？」

「多賀子叔母さんの話よ、ママの妹の」

茉莉亜の手は、冷たく、湿っていた。遼一は励ますように、握っている自分の手に力をこめた。

「お祖母ちゃんが亡くなったのは夏だったわ。まだ五十二歳で病気で死んでしまったの。私は小さくて何も覚えてないけど、多賀子叔母さんはそのとき高校生で、自分のお母さんが死んでしまって悲しくて、そのあと学校にも行けなくなって、泣いてばかりいたんですって。お墓は家の近くにあったから、毎日お花を持っていって、座りこんで泣いてたって聞いたわ。でも次の年には、町にある短大に行って、家から離れたの。

ある日、叔母さんが下宿の部屋でお昼寝をしてると、玄関から、『多賀ちゃん、多賀ちゃん』って呼ぶ声が聞こえてきたの。叔母さんは眠りから醒めて、起き上がって行ってみたら、亡くなったはずのお祖母ちゃん――叔母さんにとってはお母さん――が、立っていたんですって。まだうすら寒い春だというのに、薄い夏の地の着物を着て、日傘をさして。

『お母さん、まあお母さん。だってお母さんは死んだんじゃなかったの』

あんまり不思議で、あんまり嬉しくて、思わず叔母さんはこう言ったそうよ。よく見ると、お祖母ちゃんの綺麗にお化粧した顔の額が青くなってて、お祖母ちゃんは痛そうにそこを押さえてるの。

『お母さんどうしたの。そこんところ青く腫れているみたいよ』

叔母さんが言うと、お祖母ちゃんはいきなりぽろぽろ涙をこぼしていったの。

『花がないっていじめられるの。みんなに石をぶつけられるの』

叔母さんはびっくりして、

『本当なのお母さん、ごめんなさい。私が長い間お花を持っていかなかったからだわ』そう言ってあやまったの。『かならず持って行くわ。今日持っていくわ』って。

そしたらお祖母ちゃんはにっこり笑って『ありがとう』って言ってどこかへ帰っていった」

茉莉亜の手はふるえていた。汗をかき、血管を浮き上がらせて。遼一の手に爪をくいこませている。

「気がついたら下宿の部屋で、叔母さんは夢から醒めたの。でもまるで本当のことだったみたいで、お祖母ちゃんがまだ玄関にいるような気がして、叔母さんは玄関に行って、表まで見にいったの。でもやっぱり誰もいなくて。すぐ家に電話をかけて、叔父さんのお嫁さんに花のことを聞いたって言ってたわ。お祖母ちゃんのお墓に花を絶やさないことは、そのお嫁さんのつとめだったから。すると『ここのところ忙しくてお墓に行ってない』っていう返事。叔母さんはその日のうちに家に帰り、花を持ってお墓に行った。私が思い出したのはこれだけ。これだけのこと……」

茜色のネグリジェに浮かぶ茉莉亜の顔は、湖のように蒼ざめていた。

「でも、どうして？　こんな話、忘れてたのに。どうして今頃こんな話を思い出すの？　――自分でも不思議だったの。眠れなくて、それでも布団のなかでやっとうとうとしかかって。そのとき突然この話が頭に浮かんできたの。叔母さんの話は夢だったわ。ほんとうのことじゃなかった。でも、お墓に花はなかった。わかってる、叔母さんの無意識が見せた夢だったっていう解釈。墓に花がなかったのは、偶然だっていう解釈。でも……」

遼一を凝視した。

爪をなお遼一の手に傷がつく程に食い込ませて――。

「本当だったら？　もし本当のことだったら？　そんな世界が本当にあって、花がないといって石を投げられているのが本当のことだとしたら？」

茉莉亜の手は異常なほどに汗ばみ、震えはいっそう激しくなっていた。いや、今や身体中が震えだしていた。

「わからなくなったの。わたし……本当にわからなくなってしまったの。天国って何？　本当にそれはあるの？　もしかしてそれはなくて、もしかして友剛はお祖母ちゃんと同じところにいて、そうしたら、花はないわ。友剛のお墓に、花はないわ」

冷たい汗がうっすらと遼一の額に滲んできた。緊迫した茉莉亜の声は、不安をかきたてるティンパニーの音のように真夜中の部屋に響いている。

「私はほかの宗教を知らない、仏教の作法もまるで知らないわ。初七日、四十九日、線香をあげる、蠟燭をたてる、ぜんぜんしたことはないわ。魂は天国にあるからって、死んでから何もしなかった。思い出したけど、泣いたけど、一周忌とイースターにはお花を飾ったけど。食物をそなえたり、お水をあげたり、そんなことは何もしなかった。キリスト教しか知らない。天国しか教えられてない。でも、でも間違ってたら？　もしそれが本当ではなかったら？」

遼一の手に重みを預け、上体を起き上がらせようとした。

「友剛は石を投げられるわ！　みんなに石を投げられるわ！」

「落ち着くんだ、茉莉亜！」

茉莉亜はなおも身体を起こそうとした。壊れた機械仕掛けの人形のように、身体全体が早いテンポで不自然に震え始めた。

「わたしはいいの。信仰をなくしてもいいの。自分で選んだんだから、自業自得なの。でも友剛は、駄目。あの人は……天国にいったの。そうでなくちゃ私、生きられない。そうでないことなんて……考えたこともなかった。天国がないなんて……考えたことも……。なぜ……あんな話を……思い出したの？　友剛は幸せでいると、信じてたのに。つらくても……わたしは……つら、くても……ゆう、ご、うは……しあ、わ、せ……」

遼一をつかんでいた手が離れた。腕を伸ばして抱きとめた時には、茉莉亜はふたたび意識を失っていた。

## 十二

白亜の病院の背に翠《みどり》色の空が広がっている。周囲にはさまざまな樹木が繁り、野鳥の声が聞こえていた。澄んだ風が渡り、一階の窓からも遠く海が望める。

茉莉亜を連れていった欧上梓《おうじょうし》病院は、横浜の丘の上に在った。

待合室でも診察室でも、茉莉亜は遼一の手をまるで命綱ででもあるかのように握りしめていた。その湿った震える手を通して、茉莉亜が味わっている恐怖を遼一も感じ取ることができた。

それは、たとえるなら嵐の海にいて、船底が今まさに抜け落ちていく、というような切迫した強烈な恐怖のようだった。息をふさぐ疾風。目眩を起こさせる怒濤。暗い海が、犠牲者を呑み込もうと待ち構えた鰐のように大きく口を開けている。船底の一部が抜け、ぐらりと身体が傾く。のがれることができないという絶望的な感覚。吐き気をもよおすほどの恐怖がこみあげ、次の瞬間、意識が闇に向かって吸い込まれていく。

血液や脳波などの身体的な検査を受けた後、異常なしの結果がおりると、精神科にまわされた。そこで茉莉亜はヒステリーの一種だと診断された。意識消失は現実逃避の手段として、自分を守るために自動的に行なわれるという。

治癒の可能性はあるらしい。だがそれにどれほどの時間とエネルギーを要するかは、わからないらしかった。とりあえず入院となったが、薬である程度落ち着くことができたので、数日で退院が許され、マンションに帰ってきた。しかし、茉莉亜は自室では落ち着かない様子で、一人になることを極度に恐れ、遼一に常にそばにいてもらいたがった。

「病院に戻るか？」

「いや」

「どうして？」

「知らない人ばかりだから」

「じゃあ、沖縄から誰かに来てもらおうか？」

「いや」

「どうして？」

「みんな忙しいから」

「思い切って沖縄に帰るか？」

「いや」

「どうして？」

「知っている人ばかりだから」

薬のせいだと思われたが、茉莉亜は語彙が少なく、現実感に乏しく、思考力も落ちているようだった。

辛抱強く遼一は尋ねた。

「とりあえず今日はどうしたい？」

表情のない顔で、声だけがきっぱりと答えた。

「遼一の部屋で一緒にいる」


空には薄いヴェールのような雲が広がっていた。灰色にくすんだ街を、道行く人たちは白い息を吐きながら背を丸めて歩いている。

遼一の部屋で窓辺の揺り椅子に座り、茉莉亜はぼんやりと外を眺めて退院したその日の午後からの時を過ごした。薬のせいだろう、不規則な眠気に襲われるらしく、そんな時は揺り椅子でそのまま寝入ってしまう。膝かけを胸まで上げ、肩を落として寝息をたてているその姿は、老人のようだった。

刻々と空は灰色に深まっていき、雪が降りだすのを待っているかのようだった。みどりの葉に映える明るく黄色い花房をつけたミモザが、風に騒ぎながらしだいに黒い梢へと色を変えていく。夜になった。

可南子のベッドに茉莉亜を寝かしつけ、遼一はリビングの長椅子に自分用の布団を敷いた。

時が経過し、置き時計の日付が替わった。

浅い眠りのなか、ドアの開く音で遼一は目を醒ました。

廊下に出てみると、パジャマにガウンを羽織った茉莉亜が玄関を出ていくところだった。

「どこに行くんだ？」

ゆっくりと茉莉亜が振り返った。そのままぜんまいの切れた人形のように動かないでいる。

「風邪ひくぞ」

遼一は手を引いて茉莉亜を寝室に連れ戻した。

ベッドに座らせると、ぽつりといった。

「お花を買いにいくの」

胸のなかで、何かが、崩れたような気がした。

遼一は茉莉亜をじっと見た。

「友剛が……」

「友剛が？」

「石を投げられないように、お墓に飾るの」

遼一の胸ににわかに込み上げてくるものがあった。

「花はあるんだ」

茉莉亜の前にひざまずいた遼一は、諭すようにいった。

「おふくろに電話で頼んだんだ。友剛の墓は花でいっぱいだ」

「花でいっぱい」

急に夢見るような表情に変わった。

「薔薇も、百合も、水仙も？」

「薔薇も、百合も、水仙も」

遼一は繰り返した。

「マーガレットもフリージアもカーネーションも？」

「そうだ」

まるでその光景を眼前に見ているかのように、茉莉亜は目をほそめ、遼一の胸に顔を埋めた。

「暖かい……」

発作を起こして以来、初めて茉莉亜は涙を流した。


翌日は朝から雪が降っていた。窓ガラスが白く曇り、道行く人は傘をさしている。

茉莉亜は昨日と同じように揺り椅子にもたれ、窓のミモザが白く染まっていく景色を見て過ごしていた。

しかし、泣いたことによってはりつめていた何かが弛んだのか、またはほかの原因によるものなのかわからなかったが、今日の茉莉亜は別人のように饒舌だった。

「世界にはあらゆる宗教があるわ。キリスト教がもし間違いなら、私は何を信じたらいいの。それは仏教？　友剛のお墓に欠かさず花を供えて、友剛に石を投げるかもしれないほかの魂から私は友剛を守るの？　でもほかの宗教は違うかもしれない。宗教の数だけ死者を供養する方法は異なるのかもしれない。じゃあ私はそれを皆一から学び、一つ一つ訪ねまわって真理を探すの？　それにはどれほどの時間がかかるの？　一生かかっても真理には出会えないかもしれない。もし出会っても、それが真理だとどうしてわかるの？　その間友剛の魂は大丈夫なの？　ほかの死者からいじめられないの？」

誰に言うというのではなかった。思いをそのまま言葉に紡いでいるといったふうに、窓に向かって淡々と語るのだ。

「そもそも魂なんて本当にあるの？　どこにそんな証拠があるの？　でも証拠がなくても信じることが信仰なのだとしたら。わからないわ、私はどうなってしまったの？　神様がいることは当たり前で、天国があることは当たり前だったのに。正しいことじゃなくちゃ信じる価値がないし、正しいと思うからこそ信じることができてたのに。じゃあ、なにが正しくて信じるに値するものかっていう判断の基準のようなもの、それは何なの？」

自問自答のような言葉は続いていた。

「キリスト教でなくてもいいのかもしれない。ほかの宗教で満足し、いえ宗教なんかなくても幸せで、そんな人はきっとたくさんいるわ。神様のことを知らなくても笑っていられて、信じなくても苦しまなくて、祈れなくても安らかで、そんな人はきっとたくさん。でも違う。私はそうじゃないの。クリスチャンホームに生まれたのは私なの。信じていたのは私なの。運命が私をキリスト教に出会わせたから、私は逃げることができないの。どうしたらいいの？　一度うたがってしまったら、うたがう前には、もう戻れないんだわ」

疲れると茉莉亜は眼をつむり、そのまま揺り椅子で眠ってしまう。目覚めた後、しばらく無言で外を見ているが、ふたたび唐突に語りだすのだ。

雪は降り続いていた。

ひそやかに、かそけく、しかし確実に降り積もってゆく白い結晶。外界から隔絶された二人だけの部屋にも、雪の色をした時が降り積もっていくように遼一には感じられた。

外も内も、白い闇だ。

そのとき遼一は深い疲れを覚え、ソファーでまどろんでいた。ふと眼を開けると、茉莉亜が眼前に立ちはだかっていた。

「友剛は死んだの。肉体はなくなったの。それは事実で、もう取り返しのつかないことなの。でも、もし魂があるとしたら……」

挑むような眼をして、茉莉亜は遼一を凝視していた。

「答えがほしいの。遼一が決めて。このままだと私、狂ってしまう」

「キリスト教は正しい、友剛の魂は間違いなく天国にいる、と俺が言えば、おまえは信じるのか？」

「わからない……」

茉莉亜の目に涙が湧き上がってきた。

「でも、遼一はそんなことは言わないわ」


雪明かりの部屋がモノトーンに浮かび上がっている。

ソファーで遼一はいつのまにか寝入っていた。目を醒ますと、部屋に茉莉亜の姿がなかった。

エレベーターを待つ余裕はなかった。確信のないままに階段を一気に駆けあがり、九〇七号室に向かう。玄関に着くと、鍵がささったままのドアが開いていた。

静まり返った部屋は、湖底のように暗く、寒かった。窓のカーテンが揺れている。遼一はベランダに向かっていった。

ソバージュの髪に雪がかすみ草を散らしたようにかかっている。

「飛び降りるつもりか？」

茉莉亜の背中に遼一は尋ねた。

「これがおまえの出した答えなのか？」

「答えなんかわからないわ」

雪の積もった手すりに幾つもの指のあとがついている。振り向いた茉莉亜の顔は蒼白だった。

「だから、たしかめてみようと思ったの。魂は本当にあるのか。友剛はどこにいるのか」

「近道はないんだ」

遼一は茉莉亜の前に立った。

「本当にわかりたいなら、生きろよ。わかるまで。こういう問題はきっと理屈じゃないんだ。綺麗に説明できなくても、汗をかいたり、血を流したり、泣いたりしながら生きていく時間の中で、自然にわかっていくものかもしれないじゃないか」

「信じたいの」

いきなり両手で顔を覆い、茉莉亜は泣き崩れた。

「神様を信じたいの。でもどうしたら信じることができるの？」

「自分で信じると決めるしかないんだ」

寒風が遼一の髪を巻き上げ、強い光を帯びた眸をあらわにしていた。雪でくぐもったその声が、おごそかに響いた。

「今度は自分の意志で、おまえが神を選ぶんだ」

## 十三

雪割草が北の斜面の落葉の間に顔を見せ、ウグイスカグラが薄紅色の可憐な花をつけている。海岸では青空を背にウミネコが啼き、風上に頭を向けたカモメはのどかに波間に浮かんでいた。風は冷たかったが、一月の終わりになって晴天が続いていた。

遼一の言葉は茉莉亜に一つの決断を与えたようだ。発作が起こりそうになると、負けまいとする意志を働かせ始めたのだ。口に出して神の名を呼び、恐怖のただ中で息を詰め、眼を見開いて、渾身の力で踏みこたえる。すると意識を失うことがなくなり、やがて発作の兆候そのものも止んだ。医師の指示で薬の服用は続けていたが、家事ができるようになり、自分の部屋で一人で過ごせるようにもなった。茉莉亜を鷲掴みにしていた魔の手は離れたかのようだった。

里辺香から遼一に電話がかかってきたのは、そんな二月の初旬だった。

いくつかの教会がバックになって進めている開発事業計画の一端として、今秋アフリカのアンゴラに病院が建つ。そこに看護師としての派遣が決まり、その講習のために横浜に来たのだ。

横浜のレストランで待ち合わせ、二人は六年ぶりに再会した。

全面硝子張りの窓にみなとみらいの夜景が映し出されている。二人のテーブルからは観覧車の灯が見えていた。

「変わらないわね」

「おまえこそ。でもアフリカなんて、また思い切ったものだな」

里辺香は鷹揚にほほ笑んだ。化粧っ気のない童顔で、笑うと実年齢の二十五歳にはほど遠い。高校生でも通用するだろう。

「前にボランティアで三ヵ月だけ行ってたことがあるの。その時の子供たちのことが忘れられなくて……」

「期間は？」

「二年間」

食事中の話題は、アフリカの西南に位置するというそのアンゴラの現状に終始した。

人口一三〇〇万人。その三分の二が十四歳以下ということだ。十四年間に渡るポルトガルとの戦争に終止符を打ち、一九七五年に独立を勝ち取ったが、その後もこの国に平和は訪れず、紛争はいまも続いている。埋められている地雷は一〇〇〇万個を下らず。そのため人々の平均寿命は四十七歳と短い。子供たちは慢性的な栄養不良のために痩せ衰えている。不足している栄養補助食、粉ミルク、薬品。ユニセフに「子供が育つのに世界で最も劣悪な場所」と言わせた国だと、悲しげに里辺香は語った。

「ジョアオという子供がいたわ。父親と姉をゲリラ軍に殺され、家を焼かれ、住む処もなくなった子。事故で片足を失った母親が薪を拾って生計をたててたんだけど、十分じゃなくて、栄養不良になってしまったの。私たち、五ヵ月の間ジョアオに栄養補助食を食べさせたわ。ようやく命は助かったけど」

　遼一は子供の頃に聞いた、やはりアフリカの貧しい国の話を思い出していた。そこでは食べるものがなくなると雑草や木の根までも口にするが、それさえなくなると、母親が石を煮るのだ。お腹をすかせた子供は、母親が料理をしていると思い込んで待っている。

「まだ？」母親は「もう少し」とこたえる。子供は最初はおとなしく待っているが、いくら待っても出来上がらない料理に、やがて弱々しく泣き始める。

「まだ？」「もう少し」同じやりとりが繰り返され、ついに待ちくたびれた子供は眠ってしまう。母親はそうなって初めて、火を消すのだ。

「いつ発つんだ？」

「半年後。八月の予定よ」

「石垣島だったかな。今の病院は辞めるのか？」

「去年の春に本島の病院に変わったの。名護市に新しく出来たキリスト教病院で、今回のアンゴラ行きはここからの派遣という形になってるの」

　デザートが運ばれてきた。

「私のことはそれくらいにして」コーヒーにクリームを入れ、里辺香が微笑した。「茉莉亜のことを聞かせて」

　遼一は観覧車に目をやった。

「とりたてて話すことはないさ」

「元気でいるの？」

「ああ」

「美容院に勤めてるって聞いたけど」

「そこは辞めた」

「どうして？」

「あいつに向かなかったんだ」

「今は何を？」

「何も」

里辺香は穏やかに遼一を見つめた。

「変わらないわね、遼一のポーカーフェイス。紗羅が心配しているの。ここ一ヵ月ほど茉莉亜は電話に出ないし、手紙の返事もこないし。遼一に電話しても、『変わりない』のひとことだけでしょう。わかってるわ、紗羅に心配をかけたくないって思ってるんでしょう。でも、私には隠さないで。友剛があんなことになったのに、忙しくてなかなかそばにいてやることができなくて、ずっと気になってたの。しばらくはこちらにいるから、私にできることがあったら今度こそ力になりたいの」

窓硝子が鏡となって里辺香の真剣な表情を映し出していた。

遼一は心を決め、カップを置いた。

「茉莉亜はいま精神科の治療を受けてるんだ」

里辺香は大きく目を見開いている。意識を失ったあの夜からはじめて、茉莉亜が藤沢に来てからの一部始終を、遼一は語り始めた。

「最初は神に反抗しているだけだった。夫が自分から取り上げられたことを恨み、ひとりぼっちにされてしまった現状を悲しんでいた。でも、怒っても泣いても、そのことをぶつける対象が茉莉亜にはいつもあった。教会に行かなくなっても、信仰を捨てると言っても、神の存在そのものをうたがったことは決してなかったんだ。だが、それが崩れた」

一周忌を終えるまでの茉莉亜の心理や、周囲の人間に抱いていた本心、こちらにきてからの信仰状態、相原と交際していたことも隠さずに伝えた。

「俺も甘かったんだ。茉莉亜の問題を重くみていたつもりだったのに、ここまでおちるなんて、用意がなかった。自分で治そうと決めてからは、いい方向へ向かった。相原とも別れたし、教会へも通い始めた。医者もいい傾向だと言っている。だが、根本の問題が解決されたわけじゃない」

「根本の問題って、天国が信じられなくなったっていうこと?」

「ひいては、キリスト教の神そのものが信じられなくなったということ」

「教会はどこへ?」

「毎週ちがうところへ行っている。人と関わりになるのを避けてるんだ。それは来た当初と同じだが、今度は人を恐れてるんじゃなくて、別の理由による。教会の人間といると、つらいって言うんだ」

「つらい？」

「神を信じている人間の存在そのものが茉莉亜を傷つけるっていうか。うまくいえないが、彼らと同じように信じることはもうできないと、茉莉亜はあきらめているんだ。自分を落後者のように感じているらしい」

里辺香は目を伏せ、信じられないようにつぶやいた。

「こんなことになってるなんて。あの茉莉亜が……」

「危うい感じはもうない。だがまだ、すべてが素通りして茉莉亜の中まで届かないっていうか。膜がはってるみたいな感じがあるんだ」

観覧車の灯が打ち上げ花火のように華やかに辺りを照らしていた。空には星がなく、タールを撒いたような闇だけが広がっている。

「おまえはうたがったことはないのか？」

里辺香がゆっくりと視線を遼一に移した。

「ずっと神を信じてきたのか？」

「ええ」

「どうして？　なぜそんなことができるんだ？」

「わからないわ」

「ジョアオは父親も姉も殺されたんだろ。家も焼かれ、母親も事故で片足を失った。聖書の神は愛の神なのに、それでもお前はうたがわないのか？」

遼一は観覧車を見続けている。

里辺香も窓の外に眼を戻した。

「神様は善いお方だわ。少なくとも私はそう信じているの。この世でどうして悲しいことや残酷なことが起こるのか、それはわからないけど。でも、そのことにもきっと意味があるし、私たちは祈ることができるわ。それに、持っている者は持たない人に分けてあげることができるし、力のある者は弱った人を助けてあげられるから」

「だからアンゴラに行くのか……」

独り言のように遼一がつぶやいた。

「みんながおまえのようだったらいいのにな」

観覧車の灯はさまざまに色を変え、形を変えて点滅していた。ある時は大輪の花の如くに光り、ある時はモザイクの図形に似て輝く。そして次の瞬間には、手品師のコインのように消えてしまうのだ。

「ある宣教師が言ってたわ。一人の熱心な求道者に神様の愛について話したところ、その求道者が『先生は今まで一度も神様の愛をうたがったことはないんですか?』って尋ねたんですって。宣教師は胸を張って、『はい』と答えたの。するとその求道者は、『じゃあ先生には、私の気持ちが本当にはわからないんですね』ってとても気落ちした様子でいったんですって。その宣教師はひどく悲しかったそうよ」

窓硝子に映し出された里辺香の顔は、深い翳りを帯びていた。

「私も、茉莉亜の気持ちが、その苦しみが、本当にはきっとわからないんだわ」

遼一と里辺香は一計を案じた。遠来の講習者は希望すれば教会のゲストルームに無料で宿泊できるように配慮されていたが、手違いのため里辺香がリストから外されていたということにしたのだ。これを聞いた茉莉亜は思惑通り自分の方から宿の提供を申し出てきた。こうして講習期間の一ヵ月間、里辺香は茉莉亜のもとに滞在することとなった。

里辺香が来てから茉莉亜の生活は規則正しくなった。朝は六時に起床。里辺香を送り出してから家事を済ませ、日中はプロジェクトの資金集めのバザーに出す手芸品を作って過ごす。買物があるときは夕方になって外出。その後は夕食を作って里辺香の帰宅を待つ。遼一の帰りは不規則だったのでいつもというわけにはいかなかったが、時々は三人で食卓を囲んだ。

こうした日々の積み重ねの中で、鬱々としていた茉莉亜の表情に変化が見られるようになった。底冷えのする街に紅や白や淡紅色の山茶花《さざんか》が咲き、曇った空を隼《はやぶさ》が渡っている。地の下では草花が芽吹く日を待ち、巣の中の卵は雛にかえる準備を整えていた。冬ざれの中でも、命あるものは息づき、光を放ち、あるいは静かに力を漲《みなぎ》らせているかのようだった。茉莉亜もそのようであってほしいと、遼一と里辺香は息を詰めるような思いで見守っていた。

里辺香が滞在をはじめて半月が経った日曜日の夜。

茉莉亜が遼一の部屋の玄関で言った。

「散歩に行きましょうよ。散歩。海岸通りまで」

めずらしくはしゃいでいる。フード付きの赤いオーバーを着て、手袋をした手を寒そうに口にあてていた。

「こんな寒い日に?」遼一は背中を丸め、カーディガンの前をかき合せた。「なにいってんだよ」

「雪が降ってるの」久しぶりに見せる嬉しそうな笑顔だ。「積もってるの。遼一、休みでずっと部屋にいたから知らないでしょ」

「知ってるさ、さっきコンビニに行ったからな」

「じゃあどうして喜ばないの? 降ることはあっても、こんなに積もるなんてめずらしいじゃない」

「俺は犬か。喜んで庭かけ回るのか。里辺香はどうしたんだ。あいつと散歩すりゃいいじゃないか」

「里辺香は風邪気味なの」

「俺も風邪気味……」遼一はノブに手をかけた。「残念でした」

途端に茉莉亜は大声をあげ、切札の言葉を出した。

「いいわよ、一人で行くから。途中で発作で倒れて、そこに車が来て轢《ひ》かれて死んでも恨まないから。お葬式は沖縄の教会でしてね。お骨は友剛のお墓に入れてね」

「おまえな……」

茉莉亜と遼一は海岸通りに向かって歩いていた。

「きれーい」

暖冬といわれていた予想をはるかに裏切って、この冬は寒く、雪も例年になく多く降っていた。即席の銀世界の中を、赤いフードを被った茉莉亜が兎のように跳びまわっている。

「おまえ、性格悪いぞ」

「何か言った？」

「なんでもないさ」

聞えていたに違いない。笑って雪球をぶつけてきた。遼一も雪の球を作り、投げ返す。

雪は降るというより、遠い海風にあおられて踊っているように見えた。屋根も木立も道も雪で埋まっている。白一色の風景は、ここが温暖な湘南の地であることを忘れてしまいそうだ。

夜道に人の姿はなかった。さんざん雪投げをして息を切らした二人は、道に座り込んでしまった。上気した茉莉亜の頰は、オーバーと同じ燃えるような赤に染まっている。フードの脱げ落ちた髪に雪片が競うように落ちていた。

「今日ね、礼拝は町田の教会に行ってきたの」

急にもの思いに沈んだような声の調子に、遼一は肩越しに茉莉亜を見た。

「里辺香の友達が行っているところで、外国人がたくさんいる大きな教会だったわ。礼拝が終わって、里辺香が友達と話している間、私も傍にいたんだけど、しばらくすると後ろに座っている人たちの話が聞こえてきたの。女の人が二人、深刻そうに声をひそめてたわ。聞くともなしに聞いていているうちに、牧師夫人と、去年子供を亡くしたお母さんらしいってことがわかったの。子供の名前はトモヤ君。そのお母さん、最近自殺をはかったらしくて、牧師夫人はそのことでお母さんを諭《さと》してたの。『あなたはあと二人もお子さんがいるでしょう。そのお子さんたちのために、生きなきゃいけないわ』って。お母さんは泣いてたけど、しばらくして、こう言ったの。『あの子は、トモヤは、ひとりぼっちなんです。それが天国でもどこでも、ひとりぼっちなんです。あんなに小さくて、ひとりぼっちで、どんなに心細い思いをしていることか。ほんの少し姿が見えないだけでも、泣いて私を探していたあの子が……。私が行ってやらなければ。ほかの子供たちはこの世にいて、父親がいっしょにいます。でもトモヤのそばには誰もいない。私しか行ってやれる者はいないんです。そう思うと……いてもたってもいられなくなって……』」

声はかすれていたが、片眉がわずかに動いただけで、遠くを見ているような茉莉亜の表情は変わらなかった。

「牧師夫人が何か言ったわ。でも私には聞き取れなかった。そのうちに里辺香と友だちの話が終わって。——帰りの電車の中で、悲しかったの。怒りもない、疑問もない。ただ、悲しかったの」

闇の中を雪は降り続いていた。「悲しかったの」といった茉莉亜の声が、遠い彼方から響いてくる幻のように聞こえる。

「綺麗な雪。どこから降ってくるの？　遠い国。そこにトモヤ君はいるの？」

さっきから感情の起伏が激しすぎる。発作を起こすのではないかと遼一は全身で身構えていた。

だが、しばらくして茉莉亜は、意外にも遼一にくったくのない笑顔を向けた。

「お腹すいちゃった。遼一、熱いおうどんが食べたい」

# 十四

里辺香の残りの講習期間は瞬く間に過ぎていった。

忙しい合間を縫って、里辺香は茉莉亜を外に連れ出したり、友人や知人に会わせたりしていた。茉莉亜の気持ちがふさぐことのないようにとの心遣いと、信仰の明確な回復を願ってのことで、プロジェクトチームの人脈を通じていろいろな教会を紹介し、実際そこに茉莉亜を連れて出掛けてもいった。

そこで茉莉亜が何を見聞きし、そのことをどのように感じているのか、遼一にはわからなかったが、ときどき陥っていた鬱状態や、その反動で突発的に起こる躁状態も落ち着き、茉莉亜の精神は安定しているかに見えた。主治医は薬をやめることを検討していたし、意識消失の発作が起こるのは、もうありえないことのように思われていた。

しかし、この予想は思わぬ形で裏切られた。

ある日曜日。里辺香と礼拝に行った教会の帰りに、茉莉亜は可南子を目撃した。それは小田急の大和の駅に近い沿線で、店のウインドーをエプロン姿で拭いているのを電車の窓から見た一瞬の出来事だった。そのとき茉莉亜は「あっ」と声をあげた。「知っている人？」と里辺香が尋ねると、「ええ、たぶん」という返事がかえってきた。

しかしそれはあとになってわかったことだった。遼一はそのことを聞いていなかったし、ましてその翌日、茉莉亜が可南子を探してその店に出掛けていったなど、知るよしもなかった。

その日の昼下がり、職場に電話がかかり、遼一は内線の受話器をとった。

「片桐です」

わずかの沈黙の後、相手が言った。

「可南子です」

思わず息を呑んだ。互いに沈黙したまま、張り詰めた一瞬一瞬が重なっていく。

「ごめんなさい、会社に電話したりして」

「……」

「いま大和の病院からなんです。この前あなたと一緒にいた女の方が、突然訪ねていらして。私が悪かったんです。話をきかないで行こうとしたら、いきなり倒れられて。そのとき頭をぶつけられて、救急車でここに。まだ意識が戻らないんです。私、つき添って来たんですけど、名前も知らないし。あなたならわかるんじゃないかと思って……」

遼一は茉莉亜の姓名や歳を教え、病院の名と住所を聞いた。もっと何かを尋ねなければと考えているあいだに、電話は切れた。

　茉莉亜に再発作が起こったのはショックだった。しかしそれにもまして、そのことに可南子が関わっている衝撃に、めまいすらおぼえた。電車の駅からタクシーを飛ばし、病院までどんなに急いでも一時間はかかる。間に合ってくれと、祈るような気持ちだった。行き着くまで、彼女がそこにいてくれと――。


　その救急病院は大和の駅から遠い畑の中に在った。乱れ騒ぐ雲が陰々と空を覆い、日中にもかかわらずタクシーの窓から見える景色は夕暮時のような色を帯びていた。カラスが畑の上を飛び回り、雀が無花果の木に群がっている。身体が傾くほどの急なカーブを右折すると、ようやく病院の建物があらわれた。

　受付けで尋ね、廊下をひた走っていくと、一階の西病棟にあるその処置室には、カーテンで仕切られた十台ほどのベッドが二列に並べられていた。茉莉亜のベッドは、入って右の入り口から二番目だった。カーテンの中に、可南子の姿はなかった。

「行かないでっていったのに……。私の意識が戻って、可南子さんが出て行こうとしたから、行かないでって……」

　遼一の姿を見るなり、茉莉亜が涙声でいった。

「私、一生懸命に言ったの。私は沖縄からきた親戚で、遼一には妹みたいなもので、お願いだから誤解しないでって。可南子さん、私の話を聞いて泣いたの。でもやっぱり出ていこうとして……。帰ってきてって頼んだのに……。何があったのか知らないけど、帰ってきてって……。ごめんなさい、私、可南子さんを、ひきとめられなかっ……」

嗚咽で言葉が途切れる。

遼一は枕元の椅子に力なく座り込んだ。

「何があったの？　可南子さんとのあいだに何があったの？　いや、こんなのいや。可南子さん、泣いてたわ。つらそうに泣いてたわ」

遼一の心は乱れていた。

行ってしまった。さっきまでここにいたのに。

間に合わなかった。

可南子は出ていった。それが可南子の出した答えなのだ。わかっていたはずなのに。

でも泣いていた、可南子が？

なぜ――？

その部屋は奥の検査室に通じており、開け放しのドアから人々が頻繁に出入りをしていた。聴診器を首に下げた医師や、血圧計を抱えた看護師、カルテを手にした職員が入ってくる。話し声、いびき、苦しげな咳。吊り下げられた点滴の壜がカタカタと移動し、薬を積んだワゴンが忙しげに行き来する。注射器やピンセットやガーゼを乗せたトレイの往復。処置を終えた患者が車椅子に乗せられ、あるいはストレッチャーで運ばれていく。呼吸器の音、消毒液の匂い。処置室は上演寸前の舞台のような活気に満ちており、そのことが遼一に平静さを取り戻させた。

「どうして居場所がわかったんだ？」

遼一から渡されたハンカチで茉莉亜は涙を拭った。

「昨日、電車の窓から偶然見かけたの」

「訪ねていったわけは？」

「遼一のところに帰ってきてほしくて。頼むつもりだったの」

「これに懲りてお節介はやめにするんだな」

「ほんとうにこのままでいいの？」

「ああ」

「後悔しない？」

「くどいぞ」

「せめてわけを聞かせて。なにがあったの？」

「もう終わったことだ」

「私にはそうは思えないわ。可南子さん、あんなに泣いてたのに」

「女なんて、泣こうと思えば涙なんていつだって出てくるんだ」

言ってしまったとたん後悔したが、手遅れだった。眼を見開き、憤りで顔を赤くした茉莉亜は、突然、声を荒らげた。

「どうしていつも悪ぶるの！　素直になれないの！　遼一はいつだってそう！　現実をやり過ご

して、気持ちをむりやり押し殺して！　大学決めた時もそうだったわ！　本当は音楽やりたいくせに無理をして！　自分の気持ちに嘘ついて！　周りにも嘘ついて！」

「落ち着くんだ、茉莉亜」

「紗羅をあきらめて！　音楽を捨てて！　こんどは奥さんまでなくしちゃうの！　そんなの許さない！　もう私が許さないんだから！」

「おまえには関係のないことだ」

「関係あるわ！　遼一がそんなだから真実が見えなかったの！　本当のことがいえなかったの！　私だって紗羅だってあんなに苦しんで……誠二とのことよ、遼一が自分に正直でいたら、結果は違っていたかもしれないのに」

　涙に濡れた茉莉亜の両眼は怒りで燃えていた。

「紗羅は、遼一が好きだったのよ」

　そのとき医師がカーテンの中に現われなければ、遼一は茉莉亜を凝視したままの姿勢でいつまでもいたかもしれない。

　脳震盪を起して意識が戻らなかった可能性があるが、転倒する前にすでに茉莉亜が意識を失っていたという事実を医師は問題にした。欧上梓病院の精神科にかかっていると伝えると、主治医の坂崎医師に連絡をとってみるという。茉莉亜は興奮状態が収まらずに泣き続けている。里辺香に連絡をして来てもらうことにした。

　処置室では対処できないために個室に移されたが、坂崎医師の指示による投薬が効き目をあらわし、四十分後に里辺香が到着した時には、朦朧とした眼をしているものの茉莉亜は鎮まっていた。

　夕方になって点滴が終わり、担当医から帰宅の許可がおりたので、マンションに連れて帰った。


　遼一と里辺香は茉莉亜から片時も眼を離さずにいたが、夕食後に睡眠剤で寝入ったので、今後について話し合うことにして、二人で遼一の部屋に移った。

　風の強い、底冷えのする夜だった。窓に映った家々の灯が凍てついた星のように光っている。空では黒いちぎれ雲が、嵐の海の流木さながらの勢いで流れていた。

　エアコンをつけても広いリビングはすぐには暖まらなかった。里辺香は膝掛けで膝を覆い、ストールを寒そうに肩に巻きつけている。遼一が熱いコーヒーをいれてテーブルに置き、二人はソファーで向かい合った。

「私が悪かったんだわ。茉莉亜の気持ちも考えず、さんざん連れまわしたから、それがきっと負担になって、あの子……。可南子さんに会いにいったことだって、全然気づかなかったの」

　里辺香はひどく傷つき、自分を責めていた。それは遼一も同じだった。とりあえず明日は里辺香がつき添い、茉莉亜を欧上梓病院へ連れていくようにと話は決まったが、その後は二人とも黙り込み、ソファーに埋まってそれぞれのもの思いに沈んだ。

　外は雨が降り始め、しだいに激しくなっていった。荒れ狂う風と吹きなぐりの雨が、慟哭する人間の声のように響いてくる。

しかし、シェードのついたスタンドの柔らかな光で包まれた室内は、エアコンが効き始めていた。遼一はソファーの背にもたれかかり、足をのばした。里辺香も膝掛けを脇にやり、ストールを肩に掛け直している。

夜がゆっくりと更けていった。

気持ちが高ぶっているのか、遼一は疲れも眠気も覚えなかった。それは里辺香も同じであるらしかった。冴えた眼をして、二杯目のコーヒーを手に、何事か考えにふけっている様子だ。ソファーの背にもたれかかって天井を見上げている遼一は、沖縄での生活をとりとめなく思い出していた。

庭伝いに茉莉亜の家をサンダル履きで行き来していた子供時代。六人の子供たちは近所の児童公園で毎日のように遊んでいた。そこにはすべり台やぶらんこやシーソーがあったし、トンネルを作る砂場も、鬼ごっこをするジャングルジムもあったからだ。公園の周りは樹木で囲まれていて、それも皆のお気に入りの場所だった。木登り、蟬取り、かくれんぼ。遊びに疲れると、思い思いに木陰やベンチで休んだ。おやつを食べたり、水筒のお茶を飲んだり、シロツメクサで花輪を作ったりする。遼一がハーモニカをふくと、誰かが歌いだした。別の誰かは、リズムにのって波のように身体を揺らせ始める。

皆はよく紗羅に本を読んでとせがんだものだった。紗羅は読み聞かせの名手だったからだ。

「賢者の贈り物」「クリスマスの思い出」「大草原の小さな家」「よろこびの日」。清潔で温かみのある声が、ある時は力強く、ある時はささやくように、本の中の世界を生き生きと物語る。木漏れ日が、目を伏せて一心に字を追う紗羅の顔に当たり、風がカチューシャをした長い髪をそよがせていた。皆は静まって耳をかたむけ、お話の国の住人となり、時を忘れる。

思春期に入り、誰が誰に恋をしているのかは容易にわからなかった。しかし美香の恋は――それは片思いだったが――皆に知られていた。美香は十四で、相手は二十六のスウェーデン人の宣教師だった。背が高く、ブロンドの巻き毛と灰色の眼をした青年。彼は日本語がうまく話せないせいで大人しく内気に見えたが、本当は人なつこく、勇敢な男だった。なぜ彼が勇敢だとわかったかというと、ある年の夏、溺れた人を助けて海で死んだからだ。彼の死で、彼の志を受け継ごうと五人の者が聖職者への道を決心した。その中に当時十七になっていた美香もいた。高校を卒業した美香はアメリカの神学校に進み、現在は台湾で宣教師として働いている。

誠二の恋も隠されることはなかった。いつ紗羅が誠二の気持ちを受け入れたのかは、定かでない。紗羅は中学も高校も公立だったし、一学年下の誠二は、中高とも私立の学校に入学した。聡明で美貌の紗羅には多くの信奉者がいたので、誠二のライバルは少なくはなかったはずだった。しかしともに弁護士への道を志し、同じ大学の法科を目指している過程で、二人の仲は公認のものとなっていった。

「紗羅は、遼一が好きだったのよ」

それを聞いた時の衝撃。紗羅が好きなのは誠二だ。だからあきらめられる。ずっとそう思ってきたのに。しかし、茉莉亜の口からその言葉を聞いた瞬間、遼一は悟ったのだった。心のどこかで紗羅の気持ちに、気づいていたということを。気づきながら知らないふりをしていた。そのことを認めず、嘘をつき、自分を誤魔化してきた。

もし、紗羅に打ち明けていれば、すべては変わっていたのだろうか？　茉莉亜は誠二に受け入れられ、友剛と結婚することはなかったのかもしれない。そうすれば信仰の確信を失うことも、病気にかかって苦しむこともなかったのだ。もしそうなら、今ごろ茉莉亜は沖縄にいて、子供の世話に忙しく、幸せな主婦になっていたのかもしれない。不信仰におちいることもなく、恵まれた教会生活を送っていたのかもしれない。

しかし、それは起こりえないことだった。たとえもういちどあの頃に帰れたとしても、遼一は告白せず、傍観者として通すだろう。何も変わりはしない。紗羅は誠二と結婚し、茉莉亜は友剛と結ばれる。そして茉莉亜は夫を喪い、藤沢に来て、病む。同じ結果が繰り返されるだけなのだ。

そう考え至ると、遼一は深い空虚さにとらわれた。ひたひたと心に闇が広がっていくようだった。それは決して馴染みのないものではなかったはずだったが――。

どうしてこんなふうなのだろう？　それでも、このままで、生きていかなくてはいけないのだろうか？

そこまで思い至った時だった。

心の中の何者かが、突然に叫んだ。

――いやだ！

それは強く、確信にみちた声だった。

——そんなことはできない！　そんなことには、もう、耐えられないんだ！

自分がフェンスを越えようとしていると感じた。

そう、もうずっとそうしたかったのだ。いまがその時なのかもしれない。そうすれば楽になるのかもしれない。

強ばった手で、遼一は冷えたコーヒーを飲み干した。

いままで誰にも話さなかったし、それを誰かに話すのはありえないことのように思っていた。だから話そうと決めた自分に戸惑っていたし、うまく話せるかどうかの自信もなかった。

しかしそうなってみると、嵐のようなこの夜半に、藤沢のマンションのこの部屋で、聞き手が里辺香であることが、初めからもうそうと定まっていたこと、すべてはここに向かっていたことのように思われてきた。

遼一は心を決め、カップを置いた。

「俺は、ずっと欲しいもの——本当に欲しいもの——は持たないようにしてきたんだ。昔からそうだった。お手伝いのご褒美も、誕生日のプレゼントも、尋ねられるといつも二番目に欲しいものを言う。ガムのおまけや、ガラスのキイホルダー、野球選手のカードに、ロゴ入りのペン。それがどんなに安くても、簡単に手に入るものであっても、自分にとって価値のある場合は、我慢をするんだ。うっかり誰かにもらったりすると、すぐにほかの子にくれてやる。

ものだけじゃない。子供の頃、ヤンバルにいった時のことを憶えているか。前から楽しみにしていたんで、行きのバスではみんな大はしゃぎだったな。でも俺は心の底からははしゃげなかった。窓の外を見て思うんだ。もうこの日がきてしまった。いまは行きだけど、こんど乗るときはこれは帰りのバスになる。ここから見える景色も暗く、やがて見えなくなって、そのときには楽しみは終わっている、って。すると、悲しくなるんだ。落ち着かなくて、空に黒雲がひろがっていくみたいに、どんどん不安になっていく。だから自分をごまかした。こんなこと、大したことじゃない、ヤンバルへ行くのなんて、楽しみでもなんでもないって。どうしてだかわからないが、俺はずっとこんな調子だった」

最初、里辺香は驚いたようだった。しかし、今では視線を遼一に向けて、じっと話に聞き入っていた。

「紗羅をあきらめたのも、同じ理由だったのかもしれない。俺は紗羅を避けていた。誠二に気兼ねしたからじゃない。誠二の気持ちを知った時は、正直いってほっとしたんだ。これで自分に言い訳できる。いち抜けたってね。臆病者さ。失うことが恐いんだ。だから持たない。

以前、どうして信仰を失ってしまったのかと、茉莉亜に尋ねられたことがある。俺は、失ってしまったんじゃなく、最初からそんなものは持っていなかった、とこたえた。そのとき俺は、亡くなった妹の真衣のことを引き合いに出した。祈ったのに癒されなかったから、信じたのに真衣は死んだから、だから俺は受け取らなかった、と。わかりやすい話だ。

俺はその時その話を、自分でもある程度は信じていた。でも、本当にそうだろうか？　もしかしたら、妹が死に、その悲しみを知った兄が、再び何かを失うことを恐れるあまりに、大切なものを初めから持たなくなった。自分をこの図に当てはめ、感傷者を演じていただけなのじゃないだろうか？

わからないんだ。もしかしたらそれは、人に説明できたり、自分で納得できたり、そういうものじゃないのかもしれない。俺は受け取ることが正しいと知っていた。信仰だけじゃなく、ガムのおまけも、キイホルダーも、ヤンバルでの楽しみも、紗羅も。でもできない。したくないんじゃない。ただ、できないんだ。そして、なぜできないのかの説明も、できない。

でも音大を断念したのは、違う理由だった。音楽は俺にとって欲しいものじゃない。居場所なんだ。それは俺の家で、俺の部屋で、だからそこに俺がいるのは自然で、当たり前のことだった。それなのに、あるときふと思ったんだ。俺はここにいてはいけないんじゃないかって。なぜそんなふうに思うのかわからない。でも、まるでどうしても抜けない刺みたいに、いつまでたってもその思いが頭から離れないんだ。

俺は音楽から遠ざかった。進路を変更し、畑違いの仕事に就いて。大学ではバンドを組んでライブハウスで歌ってたし、今でもピアノに触れない日は落ち着かないけど、それでもそのときからずっと、意識的に、音楽から離れた生活をしている。

可南子のこともそれに似ていたような気がするんだ。俺は可南子を自分の居場所のように感じていた。だから結婚したけど、心のどこかに、恐れがあった。音楽と同じように、この生活も取り上げられるような気がして。だからあのことが起こったとき、それが何を意味しているのかを理解するのには、時間がかかったけど、可南子が去っていったことに関しては、起こるべきことが起こったんだという、思いがあった」

遼一はテーブルのカップをしばらく見つめていた。それは次の言葉を語るのに勇気を要したからではなかった。語ることが何であったかを、少しのあいだ思い出せなかったのだ。遼一にとっては、可南子が去っていったということが肝心なのであり、それがどういう理由によるものであるかは、重要ではなかった。

「あいつ、流産したんだ。結婚して三週間目くらいだった。帰宅すると、あいつが血だらけで倒れていた。意識がなかった。俺には何が起こったのかわからなかった。救急車を呼んで、病院へ運んだ。廊下で待っていると、診察室に呼ばれて、『残念でした』と言われた。俺はあいつが死んでしまったのかと思った。でもそうじゃなかった。母親は助かったが、子供が駄目だったのだと医者は言った。二、三ヵ月くらいの胎児だったらしい。

俺は何をどう考えたらいいのかわからなかった。泣いてばかりであいつは話ができるような状態じゃなかった。退院して帰ってきたけど、二日後に、あいつは家を出ていった。これが茉莉亜が知りたがっていた真相だ」

自分の中にはもう何も残っていないような気がして、遼一は語ることをやめた。激しい風雨の音が急に部屋に戻ってきたようだった。

顔を上げると、里辺香と眼が合った。涙に濡れたその顔を見たとたん、遼一は自分が泣きだしそうになっていると思った。それで、そうならないように奥歯を嚙みしめ、視線を脇に逸らせた。

「俺のために、祈ってくれるか」

里辺香がうなずいた。

## 十五

翌日、欧上梓病院へ茉莉亜に付き添っていった里辺香は、滞在期間の延期を決めた。坂崎医師の理解のもとに、クリスチャンの精神科医に茉莉亜を診せることになったからだ。プロジェクトの人脈を通して捜したところ、近郊に三人のクリスチャンドクターが見つかった。里辺香は全員に茉莉亜の診察を仰いだ。

茉莉亜を診た医師たちは一致して、信仰の回復が病気の寛解につながる可能性が高いといった。では、どうすれば信仰の回復をはかることができるかは、「信頼のおける聖職者に相談するのがいい」というのが二人の医師の意見で、あとの一人は、「祈るしかないでしょう」というのがこたえだった。

茉莉亜の今後について、遼一と里辺香と茉莉亜の間で真剣な話し合いがなされた。一番の焦点は、茉莉亜がこのまま藤沢にとどまるか、それとも里辺香と一緒に沖縄にひきあげるかということだった。沖縄では茉莉亜の父親を始めとして、遼一の父親や里辺香などの医療関係者がいる。教会のネットワークもあったし、それらを通して、茉莉亜に適切な精神科医なり聖職者なりに出会える可能性があった。里辺香は帰沖を強く勧めた。

しかし茉莉亜の心は揺れていた。病気のことは未だ沖縄の家族に報せていなかった。知れば誰もがよくしてくれるのはわかっている。だがそれは煩わしく、心の重いことだった。それから逃れるためにこそ、沖縄を出てきたのだ。それに、いったんは発作を退けることができていたのだ。今回の発作は信仰とは直接関係のないことだった。可南子が去った事情は里辺香から聞き、もうこの問題を詮索したり、遼一の気持ちに立ち入ることはしないと決めている。

しかし、このまま藤沢にいたいとは、どうしてもいいだせなかった。今まであまりに遼一に心配をかけすぎ、煩わせすぎた。これからも同じことが起こらないという保証はどこにもない。ここにいてよくなるかどうかはわからないのだ。

だったら……。

遼一はそんな茉莉亜の心の動きを読んでいた。

「俺のことなら気遣いはいらない」と、遼一はいった。いったん引き受けたのだし、こうなったのは自分にも責任のないことではない。新しくやり直すといって沖縄を出てきたのに、こんな形で帰るのは茉莉亜としても不本意だろう。坂崎医師が匙を投げたわけではないのだし、このままでもう少し様子を見てはどうだろうか。

里辺香は自分の意見に固執せず、相手の望みを自分の望みと願う人間だった。茉莉亜は藤沢にとどまることに決まった。

里辺香がいなくなることでなんらかの負荷がかかるのではないかと、遼一は注意深く茉莉亜を見守っていたが、三月半ばに里辺香を空港まで見送った後も、次の日も、その次の日も、茉莉亜は特に変わった様子もなく、淡々と日々を送っていた。

やがて茉莉亜はパートの仕事を見つけてきた。

それはマンションの近くにあるアロマという名のパン屋で、ハンバーガーとサンドイッチをつくるのが仕事だった。四畳ほどの調理場に一人のため、隣の窯場でパンを焼いているほかの従業員とは挨拶ていどの仲で済んだし、勤務時間が朝の六時半から八時半までの二時間だったので、習慣になった六時起きも崩れず、日曜日は――定休日ではなかったので――十時半からの教会の礼拝に出席することができる。

日中をどう過ごしているか、遼一には確かなことはわからなかった。が、プロジェクトのためのバザーの手芸作りは続けていたし、それまでは捨てられていたアロマで出るパンの耳を、近くの公園に持っていき、そこにくる小鳥や鳩に投げてやるのが日課になっているようだった。

桜の季節が終わり、白いサンザシと黄色の山吹の花が見られ始めた。そこに房状に吊り下がってたわわに咲いたハナカイドウの紅桃色が加わり、街は春たけなわを迎えていた。淡黄色のキバナシャクナゲ、棚につるをのばした藤。ミヤマキリシマとレンゲツツジもオレンジや赤紫の花びらをフレアースカートのように開いている。

晴れた休みの日には遼一は茉莉亜をドライブに連れ出した。

青い空にくっきりと映える富士山を背に、江ノ島を過ぎ、腰越、七里ヶ浜、稲村ヶ崎、由比ヶ浜、材木座と、鎌倉の海岸線を走る。

風景はひろやかで、陽を受けた海は銀色にきらめいていた。快活というのではなかったが、こんなときの茉莉亜はいつもより陽気になった。カーステレオに合わせてハミングしたり、移り行く景色を憧れるような眼で追ったりしている。

ある日曜日の午後、車は葉山を目指した。


その日の海岸線は混んでいて、車は進まなかった。

だが茉莉亜はドライブを楽しんでいるようだった。街灯にとまっているカモメやカラスの数を数えたり、波間に浮かぶとりどりのウインドサーフィンの帆を眩しげに眺めたりしている。

「今日行った教会ってね、礼拝に出席している人が二百人くらいいたかしら、近代的な建物の大きな教会だったわ」

その教会の印象や牧師の説教について感想を述べていたが、やがて小さくため息をついて言った。

「いろんな教会に行くの、もう疲れちゃった。神様を信じようと決めて礼拝にも行き始めたけど、正直いって、教会に行ってるのは義務感のようなものなのかもしれないわ。心に何の喜びも感じられないの。きっかけがあれば変われるかもしれない、今から抜け出せるかもしれないって、もしかしたらそんな期待があったのかもしれないけど。でも、もうそんなエネルギーは自分のなかにはないような気がするし……。自分でもよくわからないの、私っていまどういう状態なのかしら。

子供の頃に見た夢を思い出すの。誰かに追いかけられて、逃げようとするんだけど、まるで水のなかを歩いているみたいに、なかなか前に進めないの。夢のなかで私は必死でがんばるの、走ろうとして。でもようやく二三歩進むだけ。もどかしくて、納得がいかなくて、心の中で叫んだわ。『どうして？』って。目が覚めて、いつも思ったの。ああ、夢でよかった。

でもいまの私の状態は、夢じゃないんだわ。心が何かに反応するっていうことが、なくなったみたいな気がするの。レインコートを着てるみたいに。雨を通さないけど、光も通さない。

ああ、でもそうじゃないわ。このレインコートは悲しみだけは通すの。自分でそうしたいわけじゃない、できれば眼をそむけていたい、知らないふりをしていたいのに、テレビのニュースも新聞の記事も、まるで飛び込み台から目がけてでもいるように、悲しい報せだけがいつも心に飛び込んでくるの。事故、虐待、自殺、犯罪、戦争……数えたらきりがないくらい。神様は愛でも悲しいことは起こるのね。でも、そう考えてしまう自分が、いちばん悲しいんだけど。

アンゴラは危険だわ。地雷もいっぱい埋まっているし、ゲリラもいる。いっしょに働くチームの人たちの間にだって、長い間には問題が生じてくるかもしれないでしょう。綺麗ごとでは済まされないと思うの。里辺香にだって、何が起こっても不思議ではないんだわ。里辺香を空港で見送った時、私が何をしたかわかる？　用意をしたの。里辺香の死を受け入れる準備を。友剛は死んだわ、真衣ちゃんも死んだ。里辺香だって死ぬかもしれない」

渋滞を抜けると、対向車線に真っ赤なフェラーリがあらわれた。すれ違いざま、雷のような音楽が降ってくる。遼一はハンドルを持つ手を強め、アクセルを踏んだ。

「頭ではわかっているの。何が起こっても、それがどんなに残酷で納得のいかないことでも、神様のなさることは善だと。そしてその現実を、『み心』と受け入れるのが信じるということ。でも、そのときに覚える悲しみや怒りをどうしたらいいの？　また神様を見失ってしまいそうで恐いの。だから用意をするけど、そんなことをしている自分が哀しくて……。以前の自分が信じられないわ。どうしてあんなにも無邪気に神様を信じていられたのかしら。あのころの私、ここから見える風景みたいに、きらきら輝いていたのに」

葉山に着いたが、遼一はアクセルを踏みつづけ、やがて車は横須賀に入った。

崖が有料駐車場となっているところに駐め、砂浜に降りていった。

そこには親子連れやカップルなどがいて、フリスビーを飛ばしたり砂遊びをしたりしていた。波打ち際では子供が犬と一緒に波に戯れている。少し離れた岩場には数人の釣り人がいた。

遼一と茉莉亜が岩場にいくと、十歳くらいの男の子が五人いて、そのうちの一人がキスを釣り上げたところだった。

一緒に歓声をあげているうちに、少年たちが言った。

「あまってる竿があるんだ、お姉さんたちも釣ってみなよ」

潮風が髪をなびかせ、陽の中で釣り糸を投げた茉莉亜は少女のように笑っていた。

二時間で二人の獲物は七匹のキスと小さなフグが九匹だった。竿を返し、帰っていく少年たちに手を振る。
空の色が変わり、浜辺は茜色に染まっていった。
銀色にきらめく波。
水面が星のようにまたたいている。
海が蒼い夜空のようだ。
ふりむくと、海を見つめて茉莉亜は泣いていた。

## 十六

茉莉亜が小鳥のためにパンの耳をまきに通っている公園は、バス通りに在った。中央に大きな藤棚のついたベンチがあり、夾竹桃《きょうちくとう》が垣に廻らされている。角に位置したこの公園の小道側の並びに教会があった。教会といっても、「瑞貴教会」という小さな看板が玄関脇にかかっているだけの民家で、表札には「江藤」とある。

前を通ったときに聞こえてきた賛美歌の歌声で、そこに教会があることを知った茉莉亜は、六月になってここの礼拝に出席し、そのままこの礼拝出席者二十人ほどの小さな教会に通うようになった。それは、ひとつの教会に落ち着きたいという気持ちが強まっていたこともあったが、気さくで飾らない江藤牧師の人柄に惹かれたというのが、一番の理由のようだった。

「スーパーで逢ってね、びっくりしたの。『茉莉亜ちゃーん』なんて、大きな声で呼ぶんだもの。古びたジーンズに、革ジャン、サングラスでしょう。でも声は江藤先生なの」

礼拝で知っている江藤牧師は、三十五歳のふちなしのめがねをかけたスーツ姿の女性だった。名前は伊津美。

「背が高いし、女の人に見えなかったの。牧師にも見えなかったけどね」

しかし後になって知ったことだが、これが江藤牧師の普段のスタイルだったのだ。オートバイが趣味で乗り回し、時間があると海岸線を飛ばす。ハーレーでアメリカを横断するのが彼女の生涯の夢だという。

「いつでも、どんなに小さなことでも、『祈りましょう』っていわれて、すぐその場で祈られるの。歯をくいしばって信じるとか、信仰にしがみつくとか、そういう悲壮感がぜんぜんなくて。解放されてるって、きっとああいう感じをいうのね。先生が神様を深く愛しておられることが、一緒にいるとよくわかるわ。神様のなさることに間違いはないから、だからすべては感謝ですって、そういう喜びが先生の心に絶えずあって、それがこちらに伝わってくるから、先生のそばにいると嬉しくなってくるの」

会堂の掃除や週報づくりなどの奉仕に参加し始めた茉莉亜は、やがて礼拝以外の集会にも出席するようになっていった。

「新約聖書のなかで、『新しい』と訳されている言葉には、原語のギリシャ語では、『ネオス』と『カイノス』という二つがあるんですって。どちらも日本語では『新しい』っていう意味なんだけど。でもネオスの新しさは、たとえばこの年が終わって新しい年を迎える時に使う新しさで、それは、その新しい年が終り、次の年になったらもう使わない新しさ。カレンダーだって、新しい年がきたらそれまでのカレンダーは古いものになってしまうでしょう。ネオスはそういう期限つきの、あとになったら古びてしまう新しさなの。でもカイノスは違うの。たとえば新約聖書の新約という言葉は、新しい契約という意味だけど、この新しいという言葉の原語に、カイノスが使われているの。神様との新しい契約。それは終りのない新しさ。旧約の古い契約に対しての、ただ一度だけの、絶対の新しさ。聖書の言葉にあるでしょう。『誰でもキリストにあるならば、新しくつくられた者である。古いものは過ぎ去った。見よ、すべてが新しくなったのである』。このときに使われている新しいが、カイノス。キリストに在って決して古びることのない、永遠の新しさなの」

初めて出席した聖書の学び会から帰ってきた夜の茉莉亜は、考え深げだった。

「私の心もいつか神様に在ってカイノスにしていただけるのかしら」

梅雨の最中のある夜に、遼一は初めて江藤牧師に逢った。それは、偶然だった。

藤沢の駅前に「銀河」という洋食屋がある。母娘でやっている小さな店で、値段が手ごろで料理も旨く、店の雰囲気も気に入っていたので、遼一は勤め帰りに時々寄っていた。いつもひとりで来て、カウンターの隅の席に腰掛け、黙々と食事をするだけの客だったが、母親が今年が年女の六十で、四十前後と思われる娘のサチは独り者、二人が北海道の出身であることは、長年通ううちに自然に知るようになっていた。その日、「銀河」に着くとまもなく、一人の客が入ってきた。

「まあ、江藤先生」と、カウンターにいたサチが嬉しそうな声をあげた。

遼一は初めわからなかった。その客は遼一の右隣に腰掛け、B定食を注文した。それは遼一が注文したのと同じものだった。サチが出来上がった皿をそれぞれの前に一緒に置いたので、ふたりは自然に眼を交わした。ふちなしのめがねの奥の眼が、「同じですね」というように遼一にほほ笑んでいる。やがて左隣にいた客が帰り、カウンター席は遼一とその女性客だけになった。

食事の前に眼を閉じて祈っているようだったので、遼一は隣の客をクリスチャンなのだろうと思っていたが、サチとのやりとりのなかに、「瑞貴教会」という言葉が出、彼女が江藤牧師であることに突然気がついた。そういえばたしかに茉莉亜がいっていたような年格好だし、そばにいると嬉しくなってくるような、独特の雰囲気を持った女性だ。

二人の会話から察するに、江藤牧師が教会の用で東京へ出かけた折り、島口という人を訪ねたが、この島口がクリスチャンでサチの同郷の友であるらしかった。サチはクリスチャンではないようだったが、自分より年下のこの江藤牧師を敬愛し、慕っているらしいことは、その表情から見て取れた。

「そう、島口さん頑張ってるんですね。この歳になって東京に出てきて、うまくやっていけるかしらって、母と心配してたんですけど、よかった」

「お母さんにもよろしくといっておられました。そういえばお母さん、姿が見えませんけど、二階ですか？」

「今夜は早く休みたいからって。もう布団に入ってるんじゃないかしら」

「どこか悪いんですか？」

「病気ってわけじゃないんですけど……」

天井を見上げたサチは、なぜか深いため息をついた。その時テーブル席の四人の客が帰り支度を始めたので、レジにまわっていった。

「お宅は藤沢ですか？」

江藤牧師が遼一に話しかけてきた。

「はい」

「こちらのお店にはよく？」

「仕事帰りに、ときどきですが」

「好物はBランチですか？」

「そうですね」

「私も。あの海老がイケてますよね。プリプリっとしてて」

幸せそうな笑顔に、遼一は笑いだしてしまった。

客を送り出したサチが閉店の札を表に下げてかえってきた。店内はサチと江藤牧師と遼一の三人だけになった。

「もしお急ぎでなかったら、サービスにさせていただきますから、コーヒーをいかがですか？」

遼一が礼をいうと、江藤牧師にもいった。

「コーヒーのんでいってください先生。そして、どうして母が早くに休んでしまったのか、話をきいてください」

## 十七

遼一と江藤牧師の前には湯気のたつカップが置かれていた。カウンター内の椅子に腰かけたサチは、マグカップのコーヒーを啜っている。

「今日ね、私の妹の子供の命日なんです。亡くなってちょうど十年目。それで気がふさぐらしくて……母にとっては、初めての孫だったんです。なんの兆候もなかったんですよ。出生時の体重が四千グラムもある元気な女の子でね。それが、生まれて九日目に突然死。妹夫婦はドイツに住んでるんです。遠いし、突然のことで妹も気が動転していましたから、日本にいる者の気持ちまで考えるゆとりがなくて。しらせを受けた母がドイツに着いたときには、子供はもうお骨になってしまっていて。なきがらでもいいから抱きたかった、って泣かれたときは、妹もこたえたらしいです。母はもともと明るくて、くよくよしないたちなんですけど、さすがに今日は、ね。朝から、写真に花を飾ったり、服や靴に話しかけたりして。母が自分で買ったものなんです。生きていたら着せてやりたかった服や、履かせてやりたかった靴がいっぱいあって、毎年この日に増えていくんです。おかしいでしょう、十年も経っているのに……。でも、もしその子が生きていて、十歳で死んだら、十年間の思い出があるぶん、とても悲しいと思いますけど、同じ十年のあいだ、何もその子にしてやることができず、たったひとつの思い出もないというのも、悲しいものなのかもしれません」

しばらく沈黙の時があった。いつもは音楽や話し声でざわつく店に、サチのひそやかなため息が響く。

「ごめんなさい、湿っぽい話なんかしちゃって。やっぱり私も、今夜はちょっと、ダメみたい」

涙を拭いて遼一に頭を下げた。

「お客さまにも、こんな話……甘えちゃって、すみません」

「僕にも赤ん坊の時に亡くなった妹がいますよ」

顔を上げたサチが遼一を見た。その顔は少なからぬ驚きの表情をたたえていた。

「誕生日になると、母がケーキを焼いていました。ろうそくをたてて、毎年その数が増えていくんです」

サチが真衣のことを尋ねたので、遼一は話し始めた。

店の中が急に暗くなり、スポットライトがカウンターを照らし出したような気がした。サチも江藤牧師も黙り込み、じっと話に聞き入っている。

外は雨が止み、月のおもてを雲が横切っていった。露を含んだ空気の匂いがたちこめ、夜の静寂がほとんど一つの音のように感じられる。

遼一は不思議な思いに満たされていた。

どうしてこんなふうにこんなところで真衣のことを語っているのだろう？　今まで話をしたことのなかった人、初めて出逢った人なのに。なぜだろう？　どうしてこんなことができるのだろう？

そのこたえはわからなかった。それは自分らしくないことのように遼一には思われた。しかし、深いあわれみの浮かんだサチの表情と、江藤牧師の静かに憂いをたたえた顔を見ていると、やすらぎを感じた。心が癒されていくようであった。

「突然死っていうのもつらいけど、そういうふうにして亡くなるのも、切ないわねえ」

話を聞き終えたサチがつぶやいた。その頬には幾すじもの涙が糸を引いて伝っていた。

「どうして世の中には理不尽なことがいっぱい起こるのかしら。神様に、何を考えてるの、って文句いいたくなっちゃう。でも、こんなことといったら、江藤先生に叱られますね」

「私も同じことを思いますよ」

「教会の牧師が？」サチが言った。

「だからなおさらかな」

穏やかに応え、牧師はカウンターのコップ挿しのアイリスをじっと見た。

「こんな仕事をしていると、人生の不条理っていうのをけっこう見るはめになるんです。どうしてこの人に、どうしてこんなことが、って。口惜しかったり、悲しかったり。自分の無力さを思い知らされますし、しかも私はそんな人を前にして、説教を語らなければいけません。キツイですね、そのたびに神様に文句をいいたくなります」

「でも、いわない」

遼一の言葉に、牧師は笑った。

「いいますよ、思いっ切り。どうしてですか、神様、あんまりじゃないですか、神様、私にどうしろとおっしゃるんですか、神様、って。泣いたりわめいたり、さんざんして。それで最後は疲れちゃって、眠っちゃうんですけど」

「泣き寝入り？」

そういってサチが笑うと、江藤牧師も笑い、つられて遼一も笑った。

「それでもやっぱり先生は神様を信じておられるんですから。私もね、特定の宗教を信仰してるとか、そういうんじゃないですけど、でも、たとえば落ち込んでるときにかけられた親切な言葉だとか、悲しいときに見上げた空の青さだとか、蟻が黙々と働いてるのを見るのでもいいんです、ほっと息がつける、そのことで慰められたり励まされたりする、そんなとき、ああ神様はいるんだなあ、って思うんです」

丸顔で色白のサチの顔が、ほほ笑むと満月のようになった。

「あの子の十年目の命日に、こうしてお二人が来てくださって、こんな打ち明け話ができた。いまも私、神様はいるんだなあって、思ってます」

# 十八

その年の梅雨は肌寒く、七月の半ばを過ぎても明ける気配がなかった。かたつむりが銀色の筋をひき、軒下の雨垂れは陰鬱なリズムをとっている。色を深めた紫陽花が青や紫に咲きほこっていたが、それさえ絶え間のない雨の幕に消され、街は灰色にけむっていた。

蓮谷《はすや》と名乗る六十歳前後の婦人が、東京の遼一の勤務先に現われたのは、「銀河」でのあの夜から一ヵ月ほど経った、篠つく雨がアスファルトの道を叩く、ある午後だった。彼女は可南子が育った淡路島の施設の寮母なのだと言った。

「東京に出てくる用があったものですから。お宅にお電話したのですが、お留守で。ご結婚なさったことは手紙で知っていました。せめてご主人にお目にかかれたらと思いまして」

遼一はそういえば蓮谷という名には聞き覚えがあると思った。可南子宛てに届いていた年賀状の中にも、確かその名があった。可南子は元気かと尋ねられ、何度か電話をしたがいつも留守で、毎年きていた年賀状が今年は届かなかったので気になっていた、といわれた時には返答に困った。ロビーでの立ち話だったので、地下の喫茶店に招くと、席に着くなり蓮谷が心配顔で言った。

「可南子さん、具合でも悪いのですか?」

遼一の返事を待たずに、たたみかけるように尋ねてきた。

「結婚前にきちんと検査を受けるようにって勧めておいたんですけど。心臓の方、やっぱりどこか悪かったんですか？」

「心臓？」

怪訝な遼一の表情に、蓮谷は余計なことをいったと思ったらしかった。

「園の健康診断でいわれたことがあるんです、心臓に問題があるかもしれないって」

遼一には初耳だった。今度は彼が質問をする番だった。

「どんな問題なんですか？」

「雑音があるです。心電図で診ると、右と左の波形が違うんだそうで。きちんとした検査を受けるには、何日か入院をしなければいけないということでした。でも、器質的な問題ではないかもしれないということで、そのときはそのままだったんですけど……」

ウェイターがオーダーをとりにきたので、遼一はコーヒーを、蓮谷は紅茶を注文した。

「でも、そういうことではないんですね？　可南子さんはお元気なんですね？」

遼一はためらっていた。蓮谷というこの婦人は素朴であたたかい人柄のように見受けられた。親代わりに彼女のことを心配しているこの人に、事実をどこまで話せばいいのだろう？　連絡をしていないところをみると、可南子は蓮谷にそのことを知られたくはないのだろうと察せられた。可南子が働いていた大和の店には里辺香が後で訪ねていったが、彼女は辞めたあとだった。

「事情があって、別居しているんです」

蓮谷の顔に衝撃が走った。

「じゃあ、可南子さんは家にいないんですか」

「はい」

「どこに?」

「わかりません」

その答えに、蓮谷は二重の衝撃を受けたようだった。

「いつからですか?」

「もう長いあいだになります」

「可南子さんの方から出ていったのですか?」

「そうです」

「どういう理由で?」

「わたしの口からは、お話しできかねます」

「なにか、可南子さんにいたらないところがあって?」

「もうしわけないのですが、お話しできないのです」

しかし相手はそのように感じ取ったようだった。

ウェイターが来た。二つのカップがテーブルに置かれるあいだ、二人は黙っていた。

「すみません。ご夫婦の問題に立ち入るのは失礼なことだとはわかっています。でも、可南子さんにかぎって……」

蓮谷は、可南子が施設でどんなによく子供たちの面倒を見ていたか、どれほど皆に慕われ、心の優しい人間だったかを、切々と伝えた。

「どんなことが原因かわかりませんが、もし可南子さんのほうに非があるのなら、許してやってください。いい子なんです、本当に。親に恵まれない子で、あたたかい家庭に憧れていました。あの子だったらきっといい家庭をつくれるって、結婚するってきいて、わたしたち皆で喜んでいたんです。高校を卒業して、東京に出て。初めの頃の手紙では、淋しいってそればかり。でもしばらくして、好きな人ができたって。その時は片思いだって書いてありましたけど」

「好きな人?」

「あなたのことです。名前は書いてありませんでしたけど、こうしてお会いしてみて、あの子の気持ちがわかります。一途な子ですから、きっと何年もあなただけを思っていたんでしょう。願いがかなって、あなたと結婚することができて、可南子さん、どんなに嬉しかったことか。だから、どうか、あの子を許してやってください。たとえ何があったとしても、あなたに対するあの子の気持ちに、曇りはないはずです」

　話を終えて、店を出、蓮谷と礼儀正しく挨拶を交わしてロビーで別れるには、恐ろしいほどの自制心が必要だった。可南子とは見合いの席で初めて会ったとは、信じきっているこの婦人に、遼一はどうしても言えなかった。それまで遼一は、可南子を妊娠させた相手のことは何も考えないようにしていた。あるいはそれは事故のようなものかもしれない、可南子の意に反して、そういうふうになってしまったのかもしれない、と、心のどこかでそう受け取っていたのかもしれなかったが——。

しかし、そうではなかったのだ。

遼一は自分が何をしているのかをほとんど意識せずに、玄関を出ていった。雨は止んでおり、蓮谷の姿は見えなくなっていた。

どこかへ行きたいと思った。どこか、休める場所に。噴き出した血を、止めてくれる処に――。

だがそれがどこなのか、遼一にはわからなかった。

雨を浴びたねむの木から、雫が涙のように滴っていた。淡紅色のその花を見つめ、遼一は茫然とそこに佇んでいた。

## 十九

梅雨が明け、街は初夏の陽射しがまぶしかった。公園の生け垣の夾竹桃が花開き、クレマチスも太陽に憧れるようにフェンスに蔓をのばしている。雨を避けて藤棚の下で鳥にパン屑をやっていた茉莉亜も、今は陽の下に出ていた。

毎日のように通っているので、鳥たちは茉莉亜を覚え、姿が見えると寄ってくるようになっていた。主に鳩だったが、雀もくるし、ツグミやコジュケイの姿を見かける時もある。パンの耳をちぎって投げ、鳥がそれに群がるのを、最初は漫然と眺めていただけだったが、餌を奪い合ったり喧嘩をしたりするのを眼にしているうちに、鳥にも個々の性格があることがわかってきた。好奇心の強いもの、内気なもの、飽きっぽいもの、臆病なもの。いろいろな性格の鳥がいる。それは鳥の種類とはあまり関係がないように思われた。同じ雀でも、気が強かったり、弱かったり。短気な雀もいれば、おっとりとした雀もいる。

そのことを茉莉亜は遼一に教えた。

「聖書に、『空の鳥を見よ』って書いてあるけど、神様はこんな小さなものも愛されて、行き届いて創ってくださっているのね」

茉莉亜は鳥を愛するようになった。瑞貴教会の礼拝に出席し、江藤牧師と出会ったのは、ちょうどその頃だった。

教会へ行くたびに茉莉亜は変わっていった。部屋で聖書を読むようになり、時間を決めて祈りをするようになったのだ。すると、口数が増え、笑顔を見せるようになった。料理をしながら賛美歌をハミングしたりするときもある。まるで凍えていた人の頬に赤みがさしていくように、その変化はゆるやかだったが、確実だった。蓮谷の言葉によってもたらされた傷は深かったが、江藤牧師ならあるいは茉莉亜を立ち直らせることができるかもしれない、と、茉莉亜の回復に思いを集中させることで、遼一はそのことを忘れようと努めていた。

しかし、そんな遼一にまるでとどめを刺すかのように、あることが起こった。

その報せが瑞貴教会に入ったのは日曜日。礼拝後にいつものように皆で昼食をともにし、後片付けをしているときだった。

廊下の電話が鳴って江藤牧師が出た。かけてきたのは牧師の実家の母だった。電話を終えた牧師が、八畳の二間続きの会堂に入ってきた時、その顔を見た人々は、思わずそれまでしていたお喋りをやめた。

「兄が亡くなりました」

牧師はひとことそういった。

夕方の飛行機で牧師は急遽帰省することになり、茅ケ崎教会の榆井という牧師の妻が応援に駆けつけてきた。この夫人によって事情が皆に明かされた。

江藤牧師は福岡の老舗の旅館の娘であった。兄が一人いて、父親が五年前に亡くなったので、跡を継いでいたが、旅館はその頃から身代が傾き始め、それを盛り返そうと店を改築したのがうまくいかず、大きな借金だけが残っていた。この借金を保険金で返済するようにと、兄が遺書を残し、自殺したのだ。彼は二年前に離婚しており、三歳と四歳になる子供の世話は、江藤牧師の母親がしていたとのことだった。

「神様はいないんだわ」

午後遅くに教会から帰ってきた茉莉亜は、ことの一部始終を遼一に伝えたあとで、そういった。

「だってそうでしょう。それならみんな説明がつくわ。何もかもが納得できるわ。聖書なんておとぎ話、みんな、作り話」

茉莉亜の眼に涙はなく、その口は乾いた嗤《わら》いで歪んでいた。

「やっとわかったわ。みんな嘘。神様なんていないのよ。そうだといって、遼一。遼一もそう思うでしょう」

自身も衝撃の中にあった遼一は、こたえることができなかった。


日の落ちた海岸を遼一と茉莉亜は歩いていた。昼間は賑わった浜辺も、今は犬の散歩をしている人の姿が見られるだけで、色を失った海は暗く、虚ろな歌のような風が吹き渡っていた。

砂浜に二人の足跡が続いている。歪んだ二列の鎖のように――。

やがてそれも満ち潮に消されて、見えなくなっていった。

「こんなこと、もうたくさん」

吐き捨てるように茉莉亜がそう言って、立ち止まった。

海を見つめて二人は長いあいだ黙っていたが、茉莉亜が啜り泣きを始めたので、遼一が言った。

「おまえのことじゃない。江藤先生の問題だ。あの先生なら大丈夫だ。あの人なら、乗り越えられる」

「どうしてそんなに強いの？」

けだるそうに茉莉亜は遼一の肩にもたれかかった。

「遼一はいつもワンクッションおけるのね。他人ごとだから？　知らない人のことだから平気でいられるの？」

茉莉亜は返事を待っていた。しかしいつまでたっても遼一がこたえないので、その胸にぐったりと顔を埋め、眼を閉じた。

「もうなにも……かんがえたくない……いつまでも……ねむっていたい……」

茉莉亜の様子がおかしいことに、ようやく遼一は気がついた。ろれつのまわらない口。身体を離そうとするとくずおれそうになる。立っているのがやっとのようだった。

「茉莉亜？　どうしたんだ？」

「く……すり……を……」

「薬？」

「びょう……いん……からもらった……」

「のんだのか？」

「うん……たく……さん」

「どうしてそんなことをしたんだ」

「かみさま……が、いないなら、生きて……いけない。遼一みたいに……つよく……ないから」

「俺が、苦しんでいないと思うなよ」

茉莉亜は一瞬正気を取り戻したようだった。遼一をじっと見ていたが、やがて誘い込まれるように眼を閉じていった。


病院の個室のベッドで、茉莉亜は昏々と眠りつづけていた。

時々、闇の中を鞭打つように救急車のサイレンの音がしたが、誰もいない病室は静まり返り、点滴の落ちる音さえ聞こえてくるようだった。

ベッドサイドの椅子で、雨垂れのようなその雫を漫然と眼にしている遼一の頭には、きれぎれに聖書の言葉が浮かんでは消えていた。

それは旧約聖書のヨブ記の言葉だった。

ヨブは正しい人だったが、神によって全財産を失い、十人のすべての子供を失った。しかしこのときヨブは、「主は与え、主は取られる。主のみなはほむべきかな」と、神に愚痴をこぼさなかった。その後、ヨブは全身が悪性の腫物にかかり、土器のかけらで身を掻くほどになったが、灰のなかに座っていたヨブに、その妻が、「神を呪って死になさい」と迫ったときも、「わたしたちは幸いを神から受けるのだから、災いをも受けなければならない」とこたえ、神に罪を犯すようなことは口にしなかった。

しかし、ヨブの三人の友が、この次々とヨブにふりかかった災難を聞き、彼を慰めようと申し合わせてやってきた時になって、痛みに打ちのめされ、そうと姿が見分けられないほどに変わり果てたヨブの口から、呪いと絶望のことばがほとばしり出る。

「わたしの生まれた日は滅びうせよ。『男の子が胎に宿った』といったその夜も。その日は闇になれ。なぜ、わたしは胎から出て、死ななかったのか。なぜ、わたしは生まれたとき、息絶えなかったのか。食物の代わりにわたしには嘆きがくる。わたしのうめき声は水のようにあふれ出る。わたしのもっとも恐れたものがわたしを襲い、わたしのおびえたものが、わたしの身にふりかかったからだ。わたしには安らぎもなく、休みもなく、憩いもない。わたしの心はかき乱されている」

なぜこんな話が浮かんでくるのだろう？　と、遼一はぼんやりと考えていた。

茉莉亜をヨブと重ねたのかもしれない。

あるいは自分を……？

しかしヨブには、神を呪い、絶望するエネルギーがあった。

自分は何も感じない。

痛みも、騒めきも、恐れも、悩みも。

何も感じない。

茉莉亜に視線を移して、遼一は声に出してつぶやいた。

「何も、感じない」

一定のリズムを保って落ち続ける雫を見つめるその眼には、苦悶が淀んだ澱のように沈殿していた。しかし遼一はそのことに気づいていなかった。

## 二十

江藤牧師はいったん藤沢に帰ってきた後、教会の引継ぎをして身の回りを処分すると、郷里に引き上げていった。心労で倒れた母親の看護と、兄の子供たちの面倒をみるために牧師職を辞したのだった。

「産みの苦しみも知らないで、一度に二児の母ですからね。でも神様がそれをよしとしておられるなら、神様が力を下さるでしょう。どうか母のために、二人の子供たちのために、そして私のために、祈ってください。私もあなたたちのために、ずっと祈っていますよ」

それが江藤牧師の別れのことばだった。

後任は倉田という三十歳の男性が引き継いだ。彼は昨年神学校を卒業したばかりの若い牧師だったが、先輩牧師や信徒の助けを借りて、瑞貴教会はやがて平常の歩みに戻っていった。

茉莉亜の日常も江藤牧師がいた頃と大きな変化はないように思われた。教会生活。アロマでの仕事。プロジェクトの手芸品作り。公園で鳥たちに餌をやること。近頃はアロマのパンの耳だけでなく、市販の小鳥用の餌や米なども持っていくようになっていた。しかし、次第に茉莉亜は礼拝以外の集会に行かなくなり、奉仕にも加わらなくなっていった。茉莉亜が教会から遠ざかりつつあることに、遼一は気づいていた。

八月に入り、抜けるような青空の日々が続いた。

茉莉亜と同じ年ごろの娘たちが、白い陽射しを浴びた街を楽しげに行き交っている。その姿を遼一は暗鬱とした気持ちで眼で追っていた。

# 二十一

昨夜からの雨がようやく上がったところだった。道路にはところどころ水溜まりができ、灰色の雲がまだ厚く空を覆っている。赤信号で停まったバスの窓から、朝顔の鉢植えの並んだ庭が見えていた。

前日からの泊まり込みで午前中にようやく仕事を終えた遼一は、疲れきって帰宅の途についていた。

瑞貴の停留所に近づくと、公園に茉莉亜の姿が見えた。いつものように群がってくる鳥たちに餌をやっている。遼一はバスを降り、公園に向かっていった。

救いはその時、突然に訪れたのだった。

そのとき茉莉亜は一羽の鳩に餌をやろうと苦心していた。その鳩はおかしな格好で歩いていた。足が奇形か傷ついているかしているようで、そのためにいくら近くに餌を投げてもほかの鳥に横取りされてしまうのだ。

とうとう茉莉亜は決心して、もっとその鳩に近づこうとした。すると予期せぬことが起こった。怯えた鳩が翼を広げ、飛び立っていってしまったのだ。

その瞬間、茉莉亜の全身を何かが貫いた。

眼前で見ていた遼一にはそのことがわかった。

茉莉亜はいま何かを理解したのだ。

雲が切れ、空からいく筋もの陽が射し込んでいた。

近づくと、茉莉亜は泣いていた。

遼一は何かをいおうとした。しかし、何もいえなかった。

金色の光が天から二人に降り注いでいた。


五一九号室のリビングのソファーに遼一と茉莉亜は向かいあっていた。

「鳩が飛び立ってしまった瞬間、わかったの」

茉莉亜の真意が理解できずに飛び立ってしまった鳩と、自分の姿が重なったのだ。同時に聖書のことばが茉莉亜の全身を射抜いた。

それは旧約聖書の詩篇の十篇十四節だった。

あなたは見ておられました。
害毒と苦痛を。
彼らを御手のなかに収めるために、
じっと見つめておられました。

「愛する者が苦しむことに、人は耐えられないわ。たとえ血も涙もない極悪人といわれるような人でさえ、ほんとうに愛したら相手にむごいことはできない。それが人間の限界なんだわ。でも、神はできる。相手に与えられるあらゆる害毒も苦痛も、神なら耐え忍び、見つめ続けることができる。しかも神は力をもっていて、それをやめさせることができるのに、それは神にしかできないことなのに、それをあえて、神はしない。――苦痛の深さは比べられないわ。苦しみの大きさはひとりひとり量り知れない。争い、そしり、ねたみ、病気、老い、死。数え上げたらきりのないあらゆる害毒と苦痛にたいして、人間の闇は外からは推しはかれないわ。ひとりひとりの苦しみが深刻で、ひとりひとりのつらさが本物で。でも、それらの何もかもを承知で、それをくつがえす力をもっていながら、なおもその手を動かされない神。それは十字架にかかったイエスの姿を見つめておられた神、ひとり子が惨殺される姿に耐えられた神そのものなんだわ。人類の救いのために、私たちの罪の贖いとして、ひとり子を犠牲にしてくださった神。それほどまでにして救いたいと願われ、愛された人間が苦しんでいる姿を、それも全世界のいたるところで苦しんでいる姿を、見つめ続けておられる神の闇――そのことを思ったの」

あふれでる涙を制しきれず、茉莉亜はうつむいて顔を覆った。

「私たちの闇は……この神の闇を前にしては……たそがれのようなものかもしれない」

「そうさ」

遼一が励ますようにいった。

「おまえはマリアだ。マグダラのマリアだ。イエスがよみがえった朝、復活した主に、いちばん初めに出会った女だ」

ヨハネの福音書に次のように書いてある。

み使いはいった。

「女よ、なぜ泣いているのか」

それはマリアが、死んで葬られたイエスの亡骸が墓から取り去られているのを知って、深い嘆きのなかにあったからだ。

マリアはこたえた。

「誰かが私の主を取り去りました。そして、どこに置いたのかわからないのです」

そういって後ろをふりむくと、イエスが立っているのに気がついた。しかし彼女には、イエスであることがわからなかった。

イエスは彼女にいった。

「女よ、なぜ泣いているのか。だれを探しているのか」

マリアはその人が園の番人だと思っていった。

「もし、あなたがあの方を移したのでしたら、どこへ置いたのかどうぞおっしゃって下さい。私がその方を引き取ります」

イエスは彼女にいわれた。

「マリア」

マリアはふりかえって、こたえる。

「ラボニ」

ラボニとはヘブル語で、「先生」という意味だった。聖書の記す記事のうち、もっとも重要でかつ美しいとされるところだ。復活の朝。この朝がなかったならば、イエスの死は無意味であり、キリスト教はこの世に存在しないからだ。

「それでこそ茉莉亜だ」

遼一の声には歓びがあふれていた。

これでいい。これが正解だ。

茉莉亜は辿り着くべき港に着いた。信仰者として生きること。これ以外に茉莉亜が生きる道はないのだから。

「それがいちばんおまえにふさわしい姿だ。もう離れるな。イエスのそばから、離れるな」

## 二十二

ビーチのパラソルの数が減り、炎暑に灼かれたひまわりが色褪せてきた。友剛の二度目の命日が終わり、茉莉亜の通院が終了した。九月のカレンダーを見ながら、茉莉亜は今後について考えなければならないと思い始めていた。

沖縄を出てからもうすぐ一年になる。友剛が遺してくれた保険金も残り少なくなっていた。そろそろこちらでフルタイムの仕事を見つけ、生活を落ち着かせなければならない。

遼一にニューヨーク行きの辞令が下りたのは、そんな折りだった。それは茉莉亜にとって、転機となった。

「人生をやり直したいって、こっちにきたけど、ほんとうは沖縄から逃げてきただけ。自分だけが被害者みたいに、まわりに心を閉ざして。悪意を持って人を恨んでいた自分が恥ずかしいわ。許せないって思っていたけど、私の方こそみんなに許してもらわなければいけない人間だったのに。わたし、沖縄に帰ることに決めたわ。そうしたら、ほんとうの意味でやり直せるような気がするの」

その夜、その決心を告げた後で、「ピアノを弾いて」と、遼一に甘えた。

「リクエストは？」

「リストのカンパネラ」

カンテラ型の照明のもと、揺り椅子の茉莉亜が眼を閉じている。

ためいきのように、踊るように、そぞろ歩くように、駈けるように、遼一の指からはとりどりの音があらわれていた。

流れるように、はずむように。

ひそやかに、鮮烈に——。

「遼一のカンパネラが、私は世界で一番好きだわ。ひとつひとつの音が、ひとつひとつの鐘の音。ひとつひとつの音に魂が入っていて、まるで私のなかで幾つもの教会の鐘の音が鳴り響いているみたい」

茉莉亜の眸はきらめき、貌は輝いていた。まるで茉莉亜こそが奏でられ、鳴り響いている鐘のごとくに——。

暦は白露を迎えた。

朝夕の風に時に思わぬ涼しさを感じ、野の草には銀のヴェールを広げたような露が宿っている。

遼一はニューヨーク行きの準備に忙殺されていた。

「私、遼一が日本にいる間に可南子さんを捜しだすわ。最後のお願いよ、一度だけでもいい、会って話を聞いてあげて」

その言葉を茉莉亜は、遼一の部屋の玄関でいった。

「むださ。こんな人のひしめいてる都会で。手がかりもないのに」

「手がかりならあるわ。可南子さんが前に勤めていた会社と、住んでいたアパートの交友関係、近所関係をしらみつぶしにあたるの。今までの人間関係をたどっていけば、きっといまにつながると思うの」

「結婚退職したんだ。ここを出たなんて、以前の人間に知られたいわけないだろ」

「そうかもしれないけど……でもきっと見つかる、見つけてみせる。祈っているの」

床に視線を落とした遼一がいった。

「見つかったって、どうにもなるもんじゃないさ。いまさらニューヨークに連れていけるわけじゃなし」

「単身赴任ってことになってるの？」

「ああ」

「新婚さんで子供もいないのに。会社の人に、『どうして？』ってきかれなかった？」

「別居中だって伝えてある。多分、別れるって」

「どうしてそんなことを……」

「本当のことだろ」

部屋に戻ろうとすると、「遼一」と、哀願するような声が背中を追ってきた。

「私、一生懸命に捜す。だから、もし見つかったら会ってね。可南子さんに会ってね」

遼一はこたえなかった。


その四日後のことだった。

会社で茉莉亜からのことづけものを渡されたが、忙しい最中だったのでそれが何なのかを考えるゆとりもなく机の引き出しにしまうと、遼一はそのことを忘れていた。思い出して引き出しを開け、その小さな包みを取り出したのは、翌日の明け方だった。

　それは一本のテープだった。

　机の上を片付け、窓のブラインドを上げた。朝日の射す仕事場には遼一のほかには誰もいなかった。疲労感に包まれていたが、机にラジカセを置き、スイッチを押した。

「ごめんなさい」

　いきなり茉莉亜の声が飛び出してきた。ラジカセの音量を下げる。

「どうしてもあなたと会ってお話を聞きたかったんです。何かが変だったの。あなたが出ていかれたこと、どうしても納得できなくて。わけを知って驚きました。遼一の苦しみも私なりに理解できました。でも、あなたのことは何もわからないままで……。教えて下さい。あなたの遼一に対する気持ち、あなたの本心を。わたし、もうすぐ沖縄に帰るんです。誰にも言いません。遼一に知られたくないって言うんなら、秘密にしておきます。だからお願い、本当のことを教えて下さい」

　しばらくテープの回る音だけがしていたが、やがて「私……」と、可南子の声が流れてきた。低めの声が淡く、怯えてでもいるようにふるえている。

「高校を出て、都会に出てきて、ずっと一人ぼっちでした。話すことが苦手で、人づき合いが下手で、友だちもできなくて、淋しくて。こんな私でしたけど、職場の中で交際を申し込んで下さる方もいました。でも、恐くて……。私の家は両親の仲が悪くて、父は病気がちで、兄弟も多く、ほかにもいろいろな事情が重なって、私は親に育ててもらえなかったんです。ですから暖かい家庭に憧れていました。でも、自分がそんな家庭をつくれる自信がなくて、結婚が恐くて……。それで交際を申し込んで下さる方たちに対して、それをお受けすることができませんでした。

でも、そんな中で、好きな人ができました。私だけの一方的な片思いで、話をしたこともなく、遠くから見ているだけの人でしたけど。私、幸せでした。その人のおかげで、毎日が淋しくなくなりました。無味乾燥でもなくなりました。でも何年かして、その人の姿を見かけなくなりました。名前しか知りませんでした。なんの手がかりもありませんでした。ずっと待っていたのですが、もう会えませんでした。

私の生活は、もとの淋しい生活に戻ってしまいました。そんなとき、仕事を通して知り合ったある男性に、誘われたんです。奥さんも子供もいる人で、だから私、この人とだったら結婚を申し込まれる心配がないって、安心したのかもしれません。親子ほど歳の離れた人でした。その人を特別好きだったとか、そういうことではなかったんです。ただ毎日が淋しくて。とても淋しくて……。つき合っていくうちに、深い仲になってしまいました。そのときになって、やっと別れなければならないとわかりました。その人への思いは、父親に対するようなものでしたから。そうなってみて初めて、私、その人を愛しているのではないと悟ったんです。

正直に話すと、その人はわかってくれました。別れると言ってくれました。でも実際は、つき合いは続いて。思い通りにいかなくて、私、やけみたいになってしまっていました。そのときふっと、あそこに行ってみようと思ったんです。片思いで、ずっと遠くから見ていただけの人がいた場所。なんだかあの人に、逢えるような気がして――。

リムジンっていう名のライブハウスでした。職場の人たちに連れられて行ったのがきっかけだったんですが、私、もともと音楽は好きで、それでそのあと一人でもリムジンに行くようになったんです。そこにいると楽しくて、淋しいことも、忘れられて……。私が好きだった人は、ステージに立っているヴォーカルのうちの一人でした。うまく言えませんけど、彼は、ほかの誰とも違っていました。聴き終わっても、耳につんと張ったあの独特の声がいつまでも残っていて。歌っている姿以外は、まるで知らない人でしたけど、でもその人の歌を聴いていると、何かが、私にとって大切な何かが、伝わってくるんです。いつもリムジンに行くのが楽しみでした。彼の歌を聴くのが楽しみでした。

その日、リムジンに行くのは久しぶりで。私は知らなかったのですが、店を廃めるので、その日が最後のステージということでした。始まると、予感通りあの人がいたんです。OBとして出ているということで。最後だから特別にリクエストをとると言われました。紙に書いて、ボックスに入れればいいんです。私、彼に思い切って書きました。『雪の降る街を』。私の大好きな曲。彼へのリクエストは多くて、私、あきらめていました。

でも彼は、この歌を選んでくれたんです。『この歌をリクエストして下さったのはどなたですか?』って、彼がステージから呼びかけた時、私、恥ずかしくて手をあげられませんでした。でも彼は、『この歌は僕がとても好きな歌なんです。どなたかわかりませんが、これをリクエストしてくださったことを感謝します。その人のために歌います』って。私、嬉しくて、嬉しいのなんて通り越して、感動して、涙が出てきて……。

彼もこの歌を好きでいてくれた。私が好きな同じこの歌を、彼も好きでいてくれた。そしていま、私のために歌ってくれている。ピアノを弾きながら、彼は歌いました。そういう姿を見るのは初めてで……。私は、この思い出だけで、もう生きていけると思いました。大げさでなく、この日を思い出せば、もう淋しくないと思いました。

それで本気で、つき合っていた人と別れる決心がつきました。今度は、私もきっぱりともう会わないと言い切りました。そしてそれを最後に、別れました。その後の私は、もう以前のように淋しくはありませんでした。不倫の関係を断ち切り、生活も心も改めていました。一人のときは彼の歌声を思い出し、『雪の降る街を』を口ずさんでいました。

ある日、職場の上司から会食に出席するようにいわれました。でも出かけていくと、お見合いの席だったんです。前にも似たようなことがあったんですが、私、びっくりして……。だって、紹介された相手が、彼――リムジンの――あの人だったんです。

こんなことってあるかしらって思いました。夢を見ているようでした。交際が始まって、話は進んでいって、私はずっと夢見心地で。そんなとき、街で偶然、昔の人に逢ったんです。仕事の関係で、日本を去って、もうすぐ一家で外国に永住するということでした。私もお見合いしたと伝えると、喜んでくれて。私が愚かだったんです。もうすっかり終わった仲だからと、のこのこその人についていってしまって。……そのとき、その人に……力づくで……。

妊娠に気づいたのは結婚した直後でした。大変なことになったと、気も動転しました。逃げだしたいような、死んでしまいたいような気持ちでした。どうしようかと、考えても考えても、時間だけが過ぎて行って……。彼を、遼一さんを失いたくなかったんです。でも子供の命を奪ってしまうことも、どうしても出来なくて……」

気持ちが高ぶってきたのか、言葉が乱れ始めた。

「……身勝手で、自分のことしか考えてなくて。いったいどんなつもりで遼一さんと暮らしていたのか……私、自分でもよく思い出せない。恐くて……どうしても、どうしても、言い出せなくて……。結婚じゃなくてもよかったんです。遼一さん、リムジンで歌を聴いてて、思い描いていた通りの人でした。そばにいたくて。ただ遼一さんのそばにいたくて……明日は病院へ行こう、いつも考えてました。明日こそ、明日こそって。

でも、流産してしまって。それもちょうど遼一さんが帰ってきた時に、待っていたみたいに。神様の罰が当たったんだって思いました。でも遼一さんは……何も言わなかったんです。何も私に尋ねなかったんです。それどころか流産の後の身体を気遣って下さって、『何もしないで休んでいなさい』って。うれしかったけど、つらくて……いたたまれませんでした。私、できることなら遼一さんに合わせて、何もなかった顔をしてそこにいたかった。本当にそんなことが出来るのだとしたら……。でもそんなこと、出来るわけがありません。許されるわけがありません。もう遼一さんのそばにはいられないと思って……だから家を出ました」

長い間があった。

「ありがとう、可南子さん。私、あなたのこと……捜してよかった」

聞き慣れた茉莉亜の涙声だ。でも声は暖かく、隠しきれない喜びにあふれていた。

「すごいわ、こんなことって本当にあるのね。あなたが遼一のことを好きでいて下さるって、信じてたけど、私なんかの考えをもっと飛び越えて、可南子さんはもっと前から、初めから遼一のことが好きだったのね。それも歌っている時の遼一が、好きだったのね。嬉しい。その通りなの。歌っている時の遼一って、最高なの。それは一番遼一らしい姿なの。どうしてそのことを遼一に言わなかったの？　リムジンの時から知ってた、ずっと前から好きだったって」

「話したら、何かが変わってしまいそうで、恐くて……」

「大丈夫。そんなことはないわ。どうかそのことを可南子さんの口から聞かせてあげて。遼一のところに帰ってあげて」

　返事がない。ややあって茉莉亜の説き伏せるような声が聞こえてきた。

「ちゃんと話せばわかってくれるわ。そんなことにこだわるような遼一じゃないわ。ただ事情がわからなくて。突然で、思いがけなかったから。お願い、いまの話を遼一にしてあげて。そうしたら可南子さんも遼一も、元通りになれるわ」

「私……できません。そんな……」

「どうして？　あなた、ずっと遼一のことが好きで、ずっと遼一のことだけ見てて、やっと遼一のそばにいられるようになったのよ。辞令が下りたの。遼一、もうすぐニューヨークへ発つわ。今ならまだ間に合うのよ」

「ニューヨーク？」

「そうよ。今度は本当。もういくらも日がないの。帰りましょう。遼一はあなたが帰ってくるのを待っているわ」

可南子の声にはいささかの動揺が含まれていた。

「でも私には、資格が……」

「資格はあるわ。あなたは遼一を愛している、これ以上の資格なんてないでしょう」

「……」

「前の人とのことは、終わったこと。あなたは十分苦しんだじゃない。赤ちゃんの魂は天国にかえったわ。これからのことを考えるのよ。幸せになることを考えるのよ」

「できません。私、あんなに遼一さんを傷つけたのに。あんないい人に私なんて。私なんかよりもっとふさわしい人が、きっと遼一さんにはいます」

「こんな不思議な出会い方をしたのよ。可南子さん以外に遼一の奥さんなんているわけないじゃないの。遼一とあなたは最初から、深いところで結ばれているのよ」

「私……信じられません。短い間でしたけれど、幸せでした。これ以上のことなんてもう……。私は汚れているんです。嘘つきで、自己中心で……」

「人間なんて、自己中心だし、だれだって嘘くらいつくわ。でもそれがどうしたの。私たちは弱いのよ。悲しいくらい弱いの。正しいことをしたくても、できないことの方が多いのよ。嘘をついて、誤魔化して、そうでもしなきゃ生きられない時だってあるじゃない。神様は許して下さるわ。きっと許して下さる。幸せになるのよ、可南子さん、勇気を出して。自分の気持ちに素直に、正直になるの」

「私には……愛される資格がありません」

「それを決めるのはあなたではなく、遼一よ。遼一はあなたを愛しているのよ」

彼女の啜り泣く声がしている。茉莉亜の言葉は続いた。

「私にも夫がいたわ。とても、とても、愛していた。でも彼は死んだわ。どこに行っても彼がいない。どんなに待っても、帰ってこない。どんなに捜しても、どんなに呼んでも、もう絶対に会えない。それがどんなにつらいことか、あなたにわかるかしら？　どんなに悲しくて、取り返しのつかないことか、わかるかしら？　でもあなたは生きてるじゃない。遼一は、生きてるじゃない。遼一を傷つけたって言ったわね、本当にそう思うのなら、これ以上もう傷つけないで。愛する人を失う悲しみを、これ以上もう遼一に味わわせないで。遼一は五歳の時、妹を亡くしたの。とてもとても、悲しい思いをしたの。だからもう悲しいことは、遼一には来ちゃいけないの。もう悲しい思いなんて、遼一がしちゃいけないの。帰ってあげて、お願い。遼一はあなたを待っているの。あなたを必要としているの」

長い沈黙の時があった。

やがて、ゆっくりとテープから、可南子の声が流れてきた。

「……わたし、でき、ません。遼一さ……ん、あ、あんなにおそろしいことを……。ごめんなさい……。りょういち……さ、ん……ごめん……なさい。……わたし、じぶんが……ゆるせ……ない」

号泣している声。テープはここで切れた。

ケースに紙が挾んであった。指先が震えて、紙を広げるという簡単な作業が難しかった。開くと、茉莉亜の字で可南子の住所が記してあった。

どうして今まで気づかなかったのだろう？　リムジンという言葉を耳にした瞬間から、遼一は可南子の姿を思い出していたのだ。

いつも遠く、後ろの席で、熱いまなざしをそそいで遼一の歌を聴いていた女の子がいた。連れのいない一人客。前髪を下ろしたストレートヘアー。

どうして気づかなかったのだろう。

ヘアースタイルが変わったから？　いちども間近で見たことがなかったから？　見合いの席では、紗羅に似ていることばかりに心が奪われていたから？

遼一は立ち上がった。

始発電車が走り、街は動き出していた。

駅に向かって、遼一は駈けた。

## 二十三

青空に一つの雲も見当らなかった。街にはさわやかな光があふれ、バスが風を切って走っている。

瑞貴の停留所に着き、バスから降りると、コンビニから出てきた茉莉亜と出逢った。

「遼一。どうしたの？　まだお昼過ぎよ。会社は？」

「早退した」

マロニエの並木道の下を二人は歩き始めた。

「テープ、受け取った？」

「ああ」

「聞いた？」

遼一が頷くと、茉莉亜がすまなそうにいった。

「ごめんなさい。可南子さんにわからないように、ゆきすぎを承知でやったことなの。あとでどうこうしようなんて、深い考えはなかったのよ。でも事情がわかったら、黙っていられなくて……」

「可南子の所に行ってきた」

茉莉亜はとっさには言葉が出ないようだった。

「聞くのが恐いわ」

「アパートに行ったら、出たあとだった」

「……え？」

「朝、早くに行ったんだ。でも鍵もかかってなくて、入ったら誰もいない。家具も荷物も何もない」

「どういうこと？」

「出ていったんだ。俺からまた逃げ出したんだ」

「そんな……こと。まさか……、ひどい、どうして……？」

立ち止まった茉莉亜は、絶望をたたえた眼差しを遼一に向け、うつむいた。

「私のせいだわ。私……とても強引に可南子さんを連れて帰ろうとしたから。いま聞いたこともぜんぶ、遼一に話すって。あの人、言わないでっていったのに……」

「茉莉亜」

機械的に顔を上げ、茉莉亜は声の方を向いた。

「俺はニューヨークに行かない。可南子を捜す」

「……」

「何日かかっても、何ヵ月かかっても、必ず捜し出す。そしてあいつに、『雪の降る街を』を歌ってやる」

思いがけない言葉に、胸が塞がり、茉莉亜は言葉がすぐには出ない様子だった。

「私も……私も一緒に捜すわ」

「駄目だ、おまえは予定通り沖縄に帰るんだ。足踏みをしている時間はもうない。人生を先に進ませろ。俺は一人で捜す。そうしたいんだ。自分で捜し出して、こんどは俺が迎えにいってやりたいんだ」

スクランブル交差点で音楽が鳴り始めた。見つめあっている二人の横を、青いオートバイが音をたてて通り過ぎていく。

「うん」

マロニエの葉が風にそよいでいた。星屑のような木漏れ日が、茉莉亜の服を水玉模様に変えていく。

見上げると、二人の頭上に、飛行機雲が二列の直線を描いていた。

## 二十四

茉莉亜が沖縄に帰る日は、朝から雨が降っていた。

昼下がりの街はけむり、灰色の海の中を傘の波が行き交っている。ライトを点けた車は水しぶきを飛ばし、座り手のないベンチには、風に飛ばされたポスターが羽を広げた鳥のようにはためいていた。

遼一と茉莉亜は大通りを駅に向かって歩いていた。

「俺、音楽をやるつもりでいるんだ」

「え？」

「リムジンで歌ってたとき、声かけられたことがあって、連絡してみたら、会ってくれるって言うんだ。仕事はすぐには辞められないし、どういう形になるかまだわからないけど」

歩道に銀の針のように落ちていく雨を、遼一は見つめていた。

「鳩が飛び立った瞬間、おまえは悟った。それと同じことが、俺にも起こったのかもしれない。あの朝……」

テープで可南子の告白を聞き終えた瞬間だった。遼一の心に何かが圧倒的な力をもって押し寄せてきたのだ。

津波のように、それは、遼一を襲い、満たし、あふれさせた。縛られていた縄が解けて、水面に浮かび上がったような気持ちになった。陽の光を浴びて——。

「自分に正直に生きていい。そのときになって、やっとそのことがわかったんだ」

「遼一の馬鹿」

立ち止まった茉莉亜がいった。

「そんな素敵な話、別れぎわにするなんて。今日は泣くまいって思ってたのに……」

「泣いたっていいさ。その方がおまえらしいよ」

かがんで涙を拭ってやる。こんな人中で、いままでの遼一なら絶対出来ない行為だ。

拭った涙の下に、見慣れたそばかすが浮かんでいた。ソバージュの髪に囲まれた卵形の小さな顔、やさしげに下がった眉、涙のたまった目、赤らんだ鼻、ふるえている唇。その一つ一つを胸に刻みながら、遼一は心のなかで言った。

精いっぱいおまえらしく生きろよ。俺も俺らしく生きるから。

駅が見えてきた。階段を上がっていく。

改札口の前に着いた。

「元気で……。可南子さん見つかったら、真っ先にしらせてね」

「ああ」

煉瓦色のトランクを下げて、茉莉亜が改札口を抜けた。

人混みの中で、チェックの水色地のワンピースが遠ざかっていく。

「茉莉亜！」

ソバージュの髪が振りむいた。

「今度会う時は！　おまえと暮らしたこの藤沢での一年を！」

辺りの騒音に声が掻き消されそうになる。

後の言葉をさらなる大声で遼一は言った。

「二人で笑いとばそうぜ！」

茉莉亜が大きく手を上げた。今にも泣きだしそうな笑顔だ。

やがて駈けて、階段の向こうに見えなくなった。

# 翼を持つ者

# 一

少女「わたしから撃って」
容疑者家族に「許し」

大学の図書室で広げた新聞の見出しに、大きくそうあった。萌乃香《ほのか》は思わず紙面に顔を近付けた。記事には次のように述べられていた。

米ペンシルベニア州にあるアーミッシュの学校で撃たれて死亡した五人の女児の埋葬が六日、終わった。暴力を排して生きるアーミッシュの人たちは、理由なき暴力に巻き込まれた直後から、許しをもって容疑者の家族に接した。その対応ぶりに、米メディアは驚きの目をもって報道を続けている。

「私から撃ってください」

亡くなった中で最年長だったマリアン・フィッシャーさん（十三）は、教室に残された十人の女児を容疑者が撃つつもりだとわかったとき、そう進み出た。マリアンさんの妹で、病院で意識を回復したバービーさん（十一）の話を聞いた人の話として、複数のメディアが伝えている。バービーさんも「その次は私を」と続けたという。二人は、より小さな子どもたちを助けたい一心だったという。

亡くなった中には、十三歳、十二歳とともに八歳と二人の七歳も含まれていた。州警察の発表によると、乱射後に自殺したアーミッシュとは関係のない容疑者の男（三十二）は、長い木材にちょうど十人を縛り付ける金具を用意していた。最初から女児十人だけを人質にとるつもりだったらしい。警察にすぐに包囲されて情況が一変。入院している五人の女児のうち、一人は依然、重篤だという。

容疑者の家族は、アーミッシュの一員ではないものの、地域に住んでいる。アーミッシュの人たちはこの家族を事件の夜から訪ねて許しを表明し、手をさしのべたと伝えられる。容疑者の家族は現地の主教を通じて被害者の家族への面会を求め、遺族の一部は容疑者の家族を子どもの葬儀に招いたという。

アーミッシュの社会は現代的な暮らしや暴力を排し、死後の世界への強い信仰をもっているとされる。一般に「力」が信奉される米国で、悲嘆にくれる中にも暴力を許して包み込む生き方に、米メディアは「慈悲の深さは理解を超える」「女の子の驚くべき勇気」などとして報道している。

アーミッシュについては次の説明記事があった。

キリスト教メノー派に属するスイス人ヤコブ・アマンが十七世紀に始めた宗派で、十八世紀に米国に伝わったとされる。聖書を厳格に解釈し、現代的な暮らしや暴力を否定する。男性は幅広の帽子をかぶって長いひげを生やし、女性は頭髪を隠して黒い靴を履くのが基本。馬車に乗り、電気製品も使わない。ペンシルベニア・ダッチと呼ばれる独自の言語を持ち、子供への教育も主に自分たちで行う。ペンシルベニア州やオハイオ州などに十数万人が住んでいるとされる。

萌乃香は新聞記事から眼を上げて、窓の外を見つめた。

子供を殺されて、犯人を赦すことができるなんて、この人たちはどうかしてるわ。

そして声に出してつぶやいた。

「宗教って恐ろしい……」

しかし世の中には、このことについて——もちろんどんなことについてもそうなのだが——萌乃香とは違う解釈をする人間もいる。

それを萌乃香が知ったのは、大学の合コンの場だった。メンバーの一人がこの記事のことを話題にしたのだ。

「みなさん、どう思います？　私、信仰の力って素晴らしいって、感動しちゃったの」

彼女の言葉に興味をそそられたように次々と声があがった。

「そんなことあったんだ、すごい話だね」

「私も読んだわ、その記事。びっくりしちゃった」

重い内容にも関わらず、彼らの無邪気な反応は、合コンの場にふさわしく、バレンタインのチョコレート売場のようにうわついていた。

「凡人にはできないことだわ」

「オレは完全にマインドコントロールされてるって感じしかしないけど」

「でもアーミッシュってカルトじゃないわよ」

「アメリカ映画にときどき出てくるよ、彼ら。風景の一部みたいに、自然な形で登場するんだ。地域に溶け込んでいるんだろうね。アーミッシュって善良な人たちだよ」

「信じていることを貫き通せるなんて、すごいな」

「『私から撃って』なんて、超ケナゲ！　おまえなんか『私だけは撃たないで』って口だろう」

「犯人に『こいつから撃って』って頼むよ」

軽いジョークも飛び交い、場は同人誌の合評会さながらな盛り上がりを見せた。大まかな意見としては、アーミッシュの行為を賛美する側と、マインドコントロールされているという側とに分かれた。でもたとえマインドコントロールされているのだとしても、「赦す」のは正しいことなのだから、やはりその行為は称賛に値するものである、という意見も出た。

そのときだった。

「そうかしら」

凛とした声に、一同は思わず隅の席を振り向いた。それまで黙々と聞き手に回っていた萌乃香が、初めて声を発したのだ。

「私は異常だと思う。子供を殺されて赦せるなんて」

視線はまっすぐ一点に集中。声は果し状を突き付けたような挑戦的な響きを放っている。

一同は思わず萌乃香を凝視した。

的を前にした射手のように、萌乃香は曇りのない声で言い放った。

「私はそういう人間は認めない。犯人は赦せない。赦してはいけないのよ」

## 二

萌乃香のもとに一枚の葉書が届いたのは、合コンから数日経った十月の半ばだった。それは来月の三日に行われるバザーの案内状で、差出し人は「ひばりヶ丘幼稚園」となっていた。

その幼稚園を知らなかったので、なぜ自分に送られてきたのかと、萌乃香は訝しく思った。葉書に記されている地図によると、「ひばりヶ丘幼稚園」は萌乃香の住む「さつき荘」からさほど遠くではないらしい。

当日の朝まで、萌乃香はバザーに出かけていく気などまったくなかった。葉書がきたことも忘れていた。

その日は休日だったので、朝寝を心ゆくまで楽しんだ。のんびりと起きだした後は、洗濯と部屋の掃除を済ませたが、そのとき、机の隅に例の葉書を見つけ、今日がバザーの当日であることに、突然気がついた。

萌乃香は文面を声に出して読み上げた。

「おでん、カレー、焼きそば、うどん。古着、本、文具、手芸品多数……」

あるいはこれほどの好天気でなかったなら、おそらく萌乃香はどこにも出かけず、本を読んだり編み物をしたりして、いつものように部屋で休日の一日を過ごしていたかもしれない。しかし今日、空は青一色に晴れ渡っていた。ここのところ肌寒い雨模様の天気が続いた後だったので、太陽の光がいちだんと輝かしく感じられる。

「園児の作品展あり。お絵書き、折紙、輪投げもできます。午後三時まで、か……」

たまにはそんなのもいいかな。この葉書がどうして私に届いたのかわかるかもしれないし。

萌乃香は葉書を手に、アパートを出た。

のどかな田園風景が広がっていた並広町《なみひろ》も、近年は土地開発の波に押され、畑は更地となって整地され、新築の住宅が次々と建っていた。萌乃香が暮らす「さつき荘」はそんな新興住宅地の一角にあったが、近辺にはまだ昔の名残をとどめている風景も見られた。

さつき荘から歩いて五分の大通りを横切った先にある、広い一本道もそのひとつだった。未だ舗装されていない、土で固められたデコボコ道で、道沿いに数軒の家が点在しているものの、周囲には田畑が広がっていて、視界が広々と開けている。一本道はやがて小川に突き当たり、そこからは二またに別れた。右を行くと住宅街に入り、左に行くと、小川沿いの小道となって延びている。小道を二百メートルほど行くとバス通りに出た。

一本道から左に折れて続くその道筋は、バス通りにあるスーパーへ行く時の近道で、萌乃香のお気に入りの道であった。パノラマのように広がっている田畑には風が渡っているし、小川に沿って、夏は向日葵がまっすぐに背をのばし、秋には彼岸花が行儀のいい小学生のように一列に並んでいる。萌乃香がバザーに行く気になったのも、「ひばりヶ丘幼稚園」がこのコースの方向であることと無関係ではなかった。

雑草が所々に生えた土の道を無心に歩いていると、心の中の黒い塊が少しずつ小さくなっていくような気がしてきた。ときどきそう感じるのだが、暖かな光の羽に包まれていると、救われたような気持ちになるから、不思議だ。合コンの時に言った言葉を、萌乃香はずっと後悔していたのだった。頭数が足らないからと拝みたおされ、ことわりきれずに参加した合コンだった。

どうしてムキになってしまったのだろう？　誰にも私の気持ちなんかわかりはしないのに……。

川辺に来ると、野菊が咲き乱れていた。いつもはどこか淋しげなこの花も、いまは陽の光に照らされて、薄紫の星のように輝いて見える。

「くよくよしないで。さあ、元気を出しましょう」

と、萌乃香は声に出して自分を励ました。

向こうから秋田犬を連れた婦人がやってきた。毛並みの艶やかな堂々とした姿に見とれていると、婦人がにっこりと萌乃香にほほえみかけた。

萌乃香もほほえみを返した。

三

そこに行き着いてみて初めてわかったことだが、「ひばりヶ丘幼稚園」は「ひばりヶ丘教会」というキリスト教会と同じ敷地内にあり、バザーは教会と幼稚園が共催したものだった。

萌乃香に葉書を出した人物は着いてすぐにわかった。それは例の合コンで出会った学生の中の一人だった。そうと名乗られ、見覚えがあるような気がしたが、彼の印象は薄く、彼がどこの席に座っていたか、どんな様子だったのかは、思い出せなかった。

彼と会ったのはバザー会場の入り口だった。彼は手作りのカードのようなものを萌乃香に渡して言った。

「よかったら、あまったので使ってください」

見ると、それはおでんやカレーやケーキの食券だった。萌乃香はお礼を言って会場の中庭に入っていった。

知り合いが彼以外に誰もいなかった――しかも彼とは帰りぎわに挨拶程度の言葉を交わしただけで終わった――にも関わらず、バザー会場にいた二時間あまりを、萌乃香は意外に居心地良く、それどころか幸せにも似た気分で過ごした。

それはたとえば、テーブルでたまたま同席した婦人から、

「おひとつどうぞ」

とミカンをもらったこと。

輪投げが全部成功して、

「すごい！」

と周囲に誉められたこと。

隣にいた子供にせがまれて、幼稚園で飼っている野うさぎに一緒にエサをやったこと。

などなど……。

ささやかだが、親切にされたり、ちょっと得意になったり、童心に戻ることができる出来事があったからだった。しかも、どのテントやどのコーナーへ行っても「よくいらっしゃいました」と歓迎の笑顔を向けられた。「楽しんでくださいね」と親切な言葉をかけてもらえる。バザー会場には笑顔と善意が五月の光のようにあふれていた。赤ん坊の泣き声や、値段の駆け引きや、い

たずら盛りの子供を親が叱る姿さえ、ほほえましかった。

赤や黄や緑のテントが並んだその日の光景は青空を背景に、カーニバルの絵のように萌乃香の心に印象づけられたのだった。


しかしリーチから「英語の勉強会に来ませんか？」と電話がきたとき、萌乃香の警戒心は発動機のようにフル作動した。

リーチとは萌乃香にバザーの案内状を出したあの彼だった。高柳《たかやなぎ》理一郎という名で、みんなから「リーチ君」と呼ばれていた。彼が「ひばりヶ丘教会」の牧師の息子であることは、バザーのときにミカンをくれた婦人から聞いて知っていた。

「週に一度。宣教師館で。もちろん無料です」

ただより高いものはない。なぜ、「もちろん無料」なのだろう？　それにどうして私の電話番号を知っているの？　そもそも送りつけてきた案内状の住所をどこで調べたのだろう？　幼稚園というだけで、教会の名を記さなかったのは、なぜ？

彼が牧師の息子だとわかったとき、萌乃香は騙されたような気がしたのだった。思いのほか楽しかったバザーで、唯一萌乃香が味わった不満だった。

合コンの時の私のあのセリフ。

「私は異常だと思う。子供を殺されて赦せるなんて。――私はそういう人間は認めない。犯人は赦せない。赦してはいけないのよ」

きっと彼はそれで私に興味を持ったのに違いない。

大きく息を吸ってから、萌乃香は一気に言った。

「エサに釣られて信者になるなんて思わないでください。そういうやり方って卑怯だと思います。私は宗教にはまったく興味がありませんから。この前のバザーだって、教会だって知ってたら行かなかったわ。あなたもそう思ったから葉書に教会の名を書かなかったんでしょう。ともかく、もう電話なんかしないでください。迷惑です」

過剰反応なのは承知していたが、相手への不信が言葉となって一挙に噴き出てしまった。

電話の向こうからは何も聞こえてこなかった。相手があまりに長く沈黙しているので、萌乃香の胸は痛み始めた。

やがて自己嫌悪の嵐がやってきた。お馴染みの我と我が身を責め苛む、ウルトラ級の雨と風だ。今まで何度この嵐に苦しめられてきたことだろう。

萌乃香は唇を咬み、受話器を握ったままうつむいた。

ああ……私はいつも後悔してばかりだ。

すると電話の向こうから彼の声が聞こえてきた。まるで別の惑星から響いてきたかのような、深い声だった。

「不愉快な思いをさせたのなら謝ります」

萌乃香は驚いて顔を上げた。

ためらいがちにその声は続いた。

「でも……もし気が変わったら、いつでも来てください。土曜日の午後二時から四時まで。英語の勉強会は毎週行なっていますから」

電話は切れた。

## 四

バザーが終わってひと息つく暇もなく、ひばりヶ丘教会ではクリスマスに向けての準備が始まっていた。

今年のクリスマス礼拝は十二月二十四日だった。その日には洗礼式が予定されているし、午後からはクリスマスの祝会、夜にはキャロリングが行なわれる。それまでにも十二月十六日の土曜日をかわきりとして、教会学校、幼稚園、青年会、婦人会、壮年会、家庭集会のクリスマス会と、行事が目白押しに控えていた。

教会が一年で一番華やぐこの時季の行事は、多くの奉仕者たちの働きによって支えられている。中でも牧師夫人である直子の働きは、群を抜いていた。

教会の奉仕というのは強制ではなく、自らが進んで行なう業である。だからあてにしていた人が頼みとならないことがあるし、電話一本の断りもなくすっぽかされることも起こり得る。都合が悪くなって途中で奉仕を放り出す人がいるし、悪意はないにせよ、仲間うちで何かといざこざを起こす人もいる。その度に、申し開きをしたり、穴埋めをしたり、仲裁したりするのは、いつも牧師夫人の直子なのである。

しかし、リビングの壁の十二月のカレンダーを見て、直子の顔が憂いに曇ったのは、これから訪れる奉仕の大変さを想ってのことではなかった。それは過去のある年の「十二月の記憶」が甦ったからなのであった。

いつもは隅に追いやって努めて思い出さないようにしている記憶。その記憶がこのところ無声映画のワンシーンの断片のように甦ってくるのは、「あのこと」が起こって今年でちょうど二十年目という区切りの年のせいばかりではなかった。あの記事を直子も読んでいたのである。

アメリカでセンセーションを巻き起こしたこの事件も、キリスト教国ではない日本では、表立って取り上げられることは少ないようだった。このことに関して直子が目にしたのは、キリスト教関係の雑誌に載っていた松居直という人の一文だけであった。

「私から撃ってください」

十三歳の少女が言ったこの言葉をタイトルとして、例の新聞記事の全文紹介とともに、その雑誌には松居氏の次のような文が掲載されていた。

この記事の終わりにある「女の子の驚くべき勇気」を、私は「女の子の驚くべき信仰」と言い換えたいと思いました。アーミッシュには世代から世代へと実生活に即して、その信仰と生き方を行動と口承によって伝える「オルドゥヌンク」という不文律があります。「己れの意志を捨てて神のご意志に完全に従う」ことを目標にし、子どものときから「神の子どもでありたければ利己心を捨てることがもっとも大切なことだ」と教えこまれます。そして「従順」「謙虚」「服従」「倹約」「質素」を自らの生き方の基本とするのです。

アーミッシュの子どもたちの教育は、基本的に大家族の家庭でおこなわれます。そして学校教育は八年制の少人数学級で、「読み・書き・算数」が基本です。一般的な公教育を排し、独自の学級で、「オルドゥヌンク」にしたがった教育を受けるのです。それは国家によって法的に公認されている特別な学校教育なのです。

アーミッシュ研究の社会学者ドナルド・B・クレイビルによりますと、アーミッシュの子どもの性格テストをすると、一般社会の子どもに比べて、はるかに「冷静で、人なつっこく、責任感があり、良心的である。自分の責務を果たすために心をくだき、友だちや学校のために役立とうとし、忍耐強い。誠実で思慮深く、他の人たちがどう感じているかを気にかけるところがある」としています。私たちがとかく自己中心になりやすく、自我の確立に熱心になるのとは対照的に、アーミッシュの人々は自我を捨て去ることに心をくだくのです。

(中略)

アーミッシュの学校のモットーは「ジョイ(JOY)」だそうです。その意味は「よろこび」ですが、実はJは「Jesus(イエス)」、Oは「others(他の人びと)」、Yは「you(あなた)」で、まず主イエス、次に他の人びと、そして最後が自分なのです。「私から撃ってください」という叫び声には、深い深い信仰がこめられていたのです。

これを読んだ直子は、「私から撃ってください」といった女の子の言動が理解できると思った。生まれたときからオルドゥヌンクの教育を受け、自我を捨て去ることに心をくだく人々の中で育てられた少女たちなのだ。こういう場合にこういう言葉が出るのは、むしろ自然だとさえ思われた。

直子の関心は、関心というより、恐れにも似た祈りのようなその気持ちは、被害者の子供たちの母親に向けられていたものであった。

新聞によると、「アーミッシュの人たちは容疑者の家族を事件の夜から訪ねて許しを表明し、遺族の一部は容疑者の家族を子どもの葬儀に招いた」とある。

それを目にしたとき、直子の胸はまるで万力に挟まれたように押しつぶされそうになったのであった。

同じ経験であってほしくない。その赦しが、どうか周囲の圧力や強制でありませんように……。

二十年前の十二月のあの日——。

小学四年生で当時九歳だった長女の小枝《さえ》が行方不明となった。警察と地元の住人で捜索が行なわれ、小枝はその夜のうちに教会の裏山で絞殺体となって発見された。

容疑者は近所の住人で、求道者として教会へ出入りをしていた人物だった。逃亡した容疑者は、逮捕直前に自殺した。

事件当日、日本では政界の大スキャンダルが発覚し、マスコミはその報道を大々的に取り上げた。その陰で、山陰の片田舎で起こったこの事件は、新聞の片隅に小さく報じられただけだった。しかし地元ではそういうわけにはいかなかった。被害者が牧師の子供で、容疑者が教会へ出入りしていたということで、地元のマスコミはこの事件を扇情的に取り扱った。

神はどこに？

それがこの事件を報じた新聞記事に大きくつけられた見出しだった。笑顔で小首をかしげている小枝と、容疑者の写真が並んで一面を飾った。

小枝が行方不明と聞いて、隣町の教会の牧師の妻がすぐに駆けつけてきてくれた。そばにいて何かと力づけてくれたが、遺体が発見されたと聞いたとき、茫然自失の直子に向かって、この牧師夫人はまずこう言った。

「犯人を赦すのよ」

それはまるで知らない国の言語のように、直子の耳の中で鳴り続けた。

ハンニンヲユルスノヨ。ハンニンヲ、ユルスノヨ。

ユルスノヨ……。

ハンニン、ヲ、ユルス……？

この人は何を言っているのだろう？

「犯人を赦すのよ」

威厳に満ちた声で、彼女はもう一度言った。

直子は頷いていた。


あのとき、どうして頷いたのか?

直子にはわからない。

わかっているのは、逆の立場だった場合、自分なら絶対この言葉を口にしないということだ。

十二月のカレンダーを見つめて、直子は物思いに沈んだ。

どこからか犬の遠吠えが聞こえてきた。

いつのまにか夜が更けているようだった。

直子は気を取り直してテーブルの上に両手を組んだ。そして犠牲になったアーミッシュの子供たちと遺族のために、祈った。

## 五

萌乃香が「書」を習い始めたのは、リーチから英語の勉強会の誘いの電話があった、あの後だった。教室は萌乃香のお気に入りの例の一本道沿いにある、古い大きな屋敷であった。

　あれは去年の秋のことだった。「道明寺」と表札がかかったその屋敷の前で、萌乃香が垣根の花に目を留めて立ち止まっていると、「よろしかったら少しお持ちになりますか？」と声をかけられた。顔を上げると、庭に花鋏を手にした上品な老婦人が立っていた。

「ありがとうございます。綺麗なお花ですね」

「秋明菊というんですよ」

「しゅうめいぎく……菊なんですか？」

　確かに菊に似ているが、全体から受ける印象は洋花のようだ。萌乃香の問いに、老婦人は優雅な手つきで花に鋏を入れながら答えた。

「キンポウゲ科の花ですから、菊ではないんでしょうけど、そういう名前なんですね」

　ほどなく切り終えた秋明菊のひと抱えを、「このままでいいかしら？」と言いながら萌乃香に手渡した。

「ありがとうございます」

　舞台に立ったヒロインのように花束を胸に抱えた萌乃香に、婦人がほほ笑んで言った。

「似合っていますよ」

　それが絹代との出会いだった。

　それからは見かけると互いに挨拶を交わすようになり、そのうちに立ち話をする仲となった。

　婦人は大きなこの屋敷で一人暮らしをしているようであった。

　ある日、玄関にかかった「書道教室」の札に気づいて、萌乃香が尋ねた。

「書道を教えておられるんですか？」

「もう歳ですから、趣味程度にしているだけですけれど」

季節は廻って春が訪れていた。そのときも絹代は萌乃香のために庭の花を切り、萌乃香はそれを受け取るために花壇の前で待っていた。

絹代が鋏を入れているのは垣根のレンギョウだった。穏やかな陽が辺りを包んでいた。花壇にはストックやスミレが咲いていて、庭の角の木蓮が白い蕾《つぼみ》をふくらませていた。

「私、字がとっても下手なんです」

「練習すれば誰でも美しい字が書けるようになりますよ」

「でも私だけは例外です。下手のお手本みたいな字ですから。自分の字を見てると、情けなくて泣きだしたくなっちゃうんです」

「大丈夫。例外なんかありませんよ」

きっぱりと言い切った言葉に、萌乃香は思いがけない希望を見いだしたような気がした。ずっと萌乃香は自分の字に自信が持てないでいたのだ。記帳が大の苦手だったし、メモやノートを取るのも苦痛だった。手紙はすべてワープロで済ませている。萌乃香の字へのコンプレックスには、相当なものがあった。

「毛筆じゃないと駄目ですか？　普段の字を直したいんですけど」

「ペン習字から始められたらいかがでしょう」

「うまくなるのにどのくらいかかります？　何年も？」

絹代は笑って答えた。

「それは、努力次第ですわ」

「いつか教えてくださいね」

しかし、いつでも始められるという気があってか、その「いつか」はなかなかやってこなかった。絹代の方でも遠慮しているのか、それ以後、自分の方からこの話題を持ち出すことはなかったのである。

こうして季節は夏となり、やがて秋も過ぎていったのだが、初冬の風が吹き始めた今となって、萌乃香がついに絹代の書道教室の門を叩いたのには、理由があった。新しいことを始めたら、リーチのことを忘れられるかもしれないと思ったからである。

「不愉快な思いをさせたのなら謝ります」

遠い惑星から響いてきたかのような、彼の声——。

あの日以来リーチの声が、まるで鳴りやまない音楽のように、萌乃香の胸の中で響き続けていた。


初めての稽古では、正しい姿勢とペンの持ち方から教わった。

腰をのばし、背中は曲げない。左肘は机につけない。右肘のはり具合は約三十五度。字は右胸の前で書く。目と机は三十から五十センチくらい離す。机と身体は七から八センチ空ける。左手は力を抜いて軽く紙面に置く。ペン軸と紙面の角度は四十五から五十度。ペンを軽く持ち、手の中に卵一個分の空間をとる。ペン軸の中心線上に人差し指と親指の間がくるようにする。

こう教わって、「さあ、書いてごらんなさい」と言われても、なかなかペンは進んでくれなかった。姿勢が悪くなっていないか、肘の角度が狂っていないか、そんなことばかりが気になって、肝心のペンの持ち方がおろそかになるのである。ようやく書き始めても、その線はぎこちなく、ビブラートのきいた歌声のようにふるえた。

「そんなに緊張しないで」

絹代の指導はやさしく、辛抱強かった。直線や曲線から始めて、時間をかけて丁寧に書いているうちに、あるとき思い通りにすっとペンが動く瞬間があった。絹代はにっこりと笑って、その線に朱筆で二重丸をつけてくれた。

「それでいいんですよ。その持ち方を忘れないで。今までは指をいじめる持ち方だったから」

教室となっている広い奥座敷には十人ほどの生徒がいて、各々がペンや筆を手に、用紙や半紙に向かっていた。中には大人もいたが、学校帰りの中学生や子供が大半だった。

教室は午後三時から七時までの間ならいつ来てもいいということになっていた。出入りの度に、「こんにちは」「さようなら」と、挨拶を交わし合う。絹代に「ありがとうございました」とお礼を述べる。仲良し同士でお喋りに興じる者がいる。廊下では子供の足音や笑い声が聞こえていた。書道教室は遠足の朝さながらの活気に満ちていた。萌乃香はその中で、黙々とペンを動かしていた。

毎日続けることが上達につながると教えられ、一週間分の宿題のプリントを渡された。そのことによって萌乃香は思いがけない発見をした。字を書いている時は無心になれることを知ったのである。

また、ペンの持ち方を変えただけで、最初は肩に力が入って四苦八苦したが、慣れると、以前と違って手がスムーズに動くようになった。すると字を書くのが楽しくなり、プリントを埋めることに喜びを感じるようになった。これは自分でも予想外の展開であった。

「今までは指をいじめる持ち方だったから」

絹代の言葉は印象的だった。

指をいじめていたなんて、知らなかったのだ。いじめるのをやめたら、持ち方を正したら、楽々とペンが操れるようになった。自分でもびっくりするぐらい、自由にのびやかな線が描けるようになった。

もしかしたら、心も同じことなの？

自分に萌乃香は訊ねていた。

## 六

日を重ねるごとに宿題のプリントは順調に埋まっていった。たしかに字を書いている間は無心になれた。プリントを仕上げていく達成感や書く喜びも味わうことができた。しかし萌乃香が「書」を始めた本来の悩みが解消されたわけではなかった。

「不愉快な思いをさせたのなら謝ります」

たったあれだけの言葉なのに——まるでオルゴールの音のように、それが何度も胸の中で繰り返されるのだ。萌乃香はリーチを忘れることができなかったのである。

電話が鳴る度に、もしや彼ではないかと期待せずにはいられなかった。また葉書が届いていないかと、日に何度も郵便受けを確かめてしまう。外で彼に似た人とすれ違うと、振り向かないではいられない。萌乃香の頭の中はいつもリーチのことでいっぱいなのだった。

どうしてあの人のことばかり考えてしまうのだろう？

その答えはわからなかった。寝ても覚めても相手のことを考える現象を「恋」と呼ぶなら、まさしくこれがそうであった。しかしこのことに関しては、それ以上の意味があると萌乃香は直感していた。リーチの出現は萌乃香にとって、まるで地下室の扉が音をたてて開いたかのように、衝撃的な出来事だったのである。

木曜日の稽古日が訪れた。

「字が明るくなりましたね」

宿題のプリントを手直ししながら、絹代が嬉しそうに言った。

「書くことが楽しくて。自分でも意外でした。平仮名って、難しいけど、優雅ですよね。書いていて気持ちが良いんです」

「その調子ですよ。平仮名がしっかり書けていると、見違えます。文章は平仮名を多く使いますからね」

奥座敷には座卓が細長く二列に並んでいた。

しばらく集中して書いたあと、ペンの手を休めていると、向かいの壁のカレンダーが眼に入った。この前は席が違ったので気づかなかったらしい。

そのカレンダーにはポインセチアをあしらった押し花の横に、

「あなたは高価で尊い。わたしはあなたを愛している」

と手書きの文字が書いてあった。

朱筆を手にした絹代がこちらに来た。

萌乃香がカレンダーを見て、「綺麗なカレンダーですね」と言うと、絹代は嬉しそうに頷いた。

「妹が押し花が好きで、手作りなんです」

「字も妹さんが書かれたんですか？」

隣に腰を降ろした絹代が、目を細めて「はい」と頷いた。

萌乃香は感心して言った。

「温かみがあって、優しい字ですね。書いてある言葉もとても印象的です」

「これは聖書の言葉なんですよ」

萌乃香の胸がコトリと鳴った。

聖書？

「先生の妹さんはクリスチャンなんですか？」

自分の声がどこか遠くから聞こえてくるようであった。

「うちは両親も祖父母もみんなクリスチャンなんです」

カレンダーを眺めていた絹代が鷹揚に言葉を続けた。

「そういう家庭で育ったからでしょうね、私たち子供はみんな自然にそうなったんですよ」

じゃあ、先生もクリスチャン？

そう思った瞬間だった。萌乃香の頭に予感のように、ある考えが閃いたのだ。

もしかしたら先生はひばりヶ丘教会の信者ではないのだろうか？

その考えは稲妻のように立ち上り、閃光のように輝き、萌乃香の全身を駆け巡っていた。

もしそうならば、逃げられない。

そう悟った。

あの人を忘れるために通い始めた教室だったのに、私はかえって彼の掌中に飛び込んでしまったのだろうか？　彼から紡ぎ出される澄んだ糸。レースのように張り巡らされたその糸からは、もう逃れられないのだろうか？　私は彼に捕えられてしまったのだろうか？

まるで迷路に入り込んでしまったかのようだった。次々とわき起こってくる疑問が一段一段と数を増しながら、萌乃香の胸にらせん階段のように渦巻いていく。

もしかしたら秋明菊を胸に抱えたあの日からこうなることは定まっていたのだろうか？

あの人と出会うことも、この教室に通うことも、すべては避けられない運命だったのだろうか?

もし先生がリーチと同じ教会なのだとしたら——。

壁のカレンダーから見つめられているような気がした。

努めて平静を装った口調で、萌乃香は訊ねた。

「どちらの教会へ通っていらっしゃるんですか?」

おっとりと絹代が答えた。

「大通りの四つ角を左に曲がった、ひばりヶ丘教会というところです」

## 七

待降節とも呼ばれるアドベントは、キリストの誕生を待つクリスマスの前の一定期間を言う。その年の暦によって違いがあるが、十一月の終わりか十二月の初めになると、講壇に置かれた燭台に四本の蠟燭が立てられる。アドベントに入るのだ。蠟燭の火は日曜日が来るごとに一本ずつ点されていく。四本すべてが点った週にクリスマスを迎えるのである。

アドベントに入ると、教会には戴冠式のマントのように装われた大きな樅の木がお目見えし、玄関の扉にはヒイラギと小枝で作ったリースが掛けられた。講壇は緑のリボンを巻いた真っ赤なポインセチアの鉢で縁取られ、会堂の小机には降誕劇——馬小屋で生まれた飼い葉桶の中のイエスと、ヨセフとマリア、三人の博士と羊飼いと天使——の人形が飾られる。

キリストの誕生を祝う、一年中で一番胸のときめくこの時季、人々はクリスマスの行事に向けての準備に余念なく日々を過ごした。祝会の合奏や劇の練習。キャロリングの曲選びや歌の稽古。あるいはプレゼントのラッピングや集会のプログラム作り。案内状の印刷や発送。ポスターや立て看板の作成。

文化の日のバザーに訪れた人たちには、全員クリスマスの案内葉書が送られることになっていた。

「あなたの分は何枚必要なの？」

「十枚くらいかな」

直子とリーチがコーヒーを飲んでいるのは牧師館のリビングであった。テーブルには印刷したてのクリスマスの案内葉書が積まれている。時計の針は午後の十一時を指していた。

「お友達そんなに来てたの？」

「大学のほかの行事と重なっちゃってさ、バザーに来たのは一人だけ。ほかの大学の子なんだけど、偶然住所が近くだったんだ。でもその子には案内状出さないよ。宗教に興味がないみたいだから。それに、誤解されても困るし」

「女の子なの？」

無言で頷いたリーチの横顔を、直子は複雑な思いで見つめた。

それは、あることを思い出したからであった。

聖職者という言葉が示すように、牧師というのは特殊な職業である。聖職者になることが誇らしいとされたり、また出世や権力を持つことにつながりうるキリスト教国と違い、仏教国である日本で牧師になるということは、社会との軋轢を引き受け、ときには家族と離反したり、変り者扱いされることを覚悟することでもあった。

リスクを承知で、それでも彼らが牧師になるのは、

「神の召しを受けた」

このひとことに尽きる。

神の召し、すなわち召命を受けるとは、神に呼ばれるとか神に選ばれるという意味であるが、だからといって、召命を受けた人間がすべて人格者であるとは限らなかった。

それはイエスが選ばれた十二弟子を見ても明白である。弟子の中のある者は怒りやすく、ある者は頑迷であり、ある者は高慢であった。イエスが捕らえられた時は、全員が一目散にイエスを見捨てて逃げ出したのである。

これが選ばれし者の姿であった。神の選びの基準とは、人間には計り知れないものなのである。

しかし、信徒は牧師に過大な期待をする傾向があるし、その家庭には「かくあるべし」という模範を求めたがる。子供への教育は自分たちの手本としてとらえがちだ。もちろん牧師側でも、それに近づくべく努力はするのだが、その要求を完全に満たすことは不可能である。牧師や牧師夫人に不満を抱き、その言動を裁いたり批判したりする信徒が絶えないというのは、教会の悲し

い現実であった。

無論、誰もがそうだというのではない。牧師の未熟さを受け入れ、その成長を見守ってくれる信徒はいるし、牧師家庭の子育ての大変さに理解を示し、助けてくれる信徒だって大勢いる。そういう意味では自分は幸運だと直子は思っていた。牧師である夫と結婚して以来、山陰を始まりとしてここ関東まで、これまでいくつかの教会に遣わされてきたが、どこの教会でも良い信徒に恵まれ、さしたる問題もなく、現在に至った。

日本ではクリスチャンとは「罪を知らない清らかな人」というイメージがあり、教会には世間知らずの善人が集まっていると思われがちだ。が、事実は、信徒の中には人生の辛酸をなめ、世間の表も裏も知り尽くした苦労人が少なくなかった。直子夫妻が初めて遣わされた山陰の教会には、そういう信徒が何人かいて、要となって教会に献身的に仕えていた。彼らは赴任した当初から、若い牧師夫妻をよく支えてくれた。

小枝の事件が起こった時、リーチは生後七ヵ月だった。直子はいっとき気力というものをすっかり失ってしまい、教会の仕事はおろか、家事も子育てもできなくなってしまった。そんな直子に彼らは特別の憐れみを示し、出来るかぎりの手助けをしてくれた。特にリーチのことを心にかけ、教会ぐるみで我が子のように面倒を見てくれたのである。

たくさんの人々の温情を受けて育ったせいか、リーチは心優しく、思いやりの深い子供であった。教会で飼っていたウサギや小鳥を愛したが、それは木や花にまで及んだ。

いつだったか、枯れた花を直子がゴミ箱に捨てたとき、それを見ていたリーチがいった。

「花が可哀想だよ、お母さん。ゴミ箱に捨てるなんて。綺麗に咲いてたんだよ。せめて庭に捨ててあげてよ」

リーチには、天性の信仰心というようなものが備わっているかのようだった。

特に勧めなくとも教会学校にも毎週休まず通った。本の読み聞かせでは聖書の物語を読んでもらうことを喜んだ。食前の祈りも就寝前の祈りも、誰が見ていなくとも欠かさない。賛美歌が好きで、直子と風呂に入るときに歌うのはいつも、お気に入りの「いつくしみふかき」と決まっていた。

いつだったか、直子が小枝のことを思って泣いていたとき、小さな手で背中をさすって慰めてくれたことがあった。

「小枝ちゃんは天国にいるからね。大丈夫なんだよ。小枝ちゃんは幸せなんだ。天国には小枝ちゃんが好きな赤とんぼだって飛んでいるんだから」

小枝が赤とんぼが好きなのは本当だった。そんなことを誰が教えたのだろうと、直子は涙のたまった眼でリーチを見つめた。

「どうしてわかるの?」

リーチはただ微笑していた。

リーチは不思議な子供であった。彼は心の中の神といつも会話しているかのようだった。

こんなリーチだったから、小学校に入学すると、友達をみんな教会学校へ連れてくるようになった。男の子でも女の子でもおかまいなしに、リーチは誰でも教会に誘った。子供のうちはそれでもよかったのだ。だが、思春期になると問題が起こり始めた。

リーチに誘われて礼拝に出席した女の子が、熱心に教会へ通い続け、洗礼式の日取りまで決まっていたのに、ある日を境に教会に来なくなったのである。

その子はリーチに片思いをしていたらしかった。それまでも似たようなことがあったので、教会ではリーチと名指しはしなかったが「伝道方法に問題を感じる人がいる」ということで、話し合いが行なわれた。大勢の人が「誤解を生じる恐れがあるので、人を導く時は同性が同性を」という意見を支持した。反対意見を主張する人もいたが、結局、「これからは皆がそういう心がけをする」ということで、ことは収まった。

しかしリーチの心は傷ついた。

だから、バザーに来た女の子に「案内状を出さない」と、リーチが言った今の言葉には、直子は頷けた。でもリーチの顔を見ていると、何かがひっかかる。

それで正面から訊ねてみた。

「本当にそれでいいの？　その人にクリスマスの案内状を出したいんじゃないの？」

「なんといってもクリスマスだからね」

リーチは素直に認めた。

「その人、宗教に興味がないの？」

「興味がないっていうより、嫌悪してるって感じなんだ」

「なぜかしら？」

「わからないけど、英語の勉強会に誘ったら断られたよ。『エサに釣られて信者になるなんて思わないでください』って」

それを聞いた直子は驚いた。ストレートな女の子の言葉にではなく、リーチがその子を英語の勉強会に誘った、ということにである。

例の一件以来、リーチは必要以上に異性に近寄らなくなっていた。天真爛漫に伝道していた時期は過ぎ、今は教会へ人を誘うときは、相手をじっくりとみて、キリスト教に興味がありそうな同性だけに声をかけている。それなのにその女の子を誘ったのだ。

その子はリーチにとって特別なのだろうか？

どういう間柄なのだろうと、直子は想像を廻らせた。

ほかの大学の子というけれど、どこで知り合ったのだろう？　片思い？　憧れの人？　でも誤解されて困る相手なら、やっぱり純粋に伝道ということなのだろうか？

母親として、訊ねてみたいことが一度に押し寄せてきたが、二十歳を過ぎた息子のプライバシーを尊重して、詮索したい思いを押しとどめた。

「でも案内状出すくらいいいでしょう。バザーに来て下さったんだから、駄目でもともと」

「もともとじゃない。逆効果だよ。でももっといい方法を試してるから。もしかしたら教会へ来てくれるようになるかもしれないな」

「いい方法って？」

リーチは笑って答えなかった。

# 八

　萌乃香が教会へ来たのは、アドベントの蠟燭に最初に火が点された日曜日であった。しかしリーチは前の席に着いていたので、礼拝が終わって司会者が紹介するまで、萌乃香がいたことに気がつかなかった。

「今日、新しく礼拝に来られた青木萌乃香さんです。道明寺さんの書道教室の生徒さんだそうです」

　司会者が新来会者カードを見ながら紹介すると、後ろの席の方で絹代が立ち上がり、促されて隣にいた萌乃香も立ち上がった。

「この前のバザーにお見えになりましたが……」絹代が萌乃香を紹介した。「礼拝に出席されるのは初めてだそうです」

「よろしくお願いします」

　萌乃香が頭を下げると、司会者が「よくいらっしゃいました。歓迎致します」と応え、会堂には拍手が起こった。

　連絡事項が終わって散会となると、数人の人が萌乃香を取り巻いて挨拶や自己紹介をし始めた。リーチは遠くから萌乃香を見ていた。

まもなく絹代は用があるらしく、萌乃香や周囲の人に頭を下げて帰っていった。周りの人々は萌乃香を昼食に誘い、一行は食堂へと移っていった。

昼食後も誘われて萌乃香は青年会に参加した。いつもは聖書の勉強会をしているのだが、この日は青年会のクリスマス会で使う「蠟燭作り」をすることになっていた。参加者は十人ほどで、その中にはリーチの姿もあったが、彼は萌乃香に近づかず、話しかけることもしなかった。そのために萌乃香とリーチが知り合いであるとは、誰も思わなかった。

「バザーに来たのも道明寺さんに誘われて?」

隣の女の子に訊ねられた時、萌乃香はその横顔にリーチの視線を痛いほど感じた。なぜか本当のことを言ってはいけないような気がして「案内のポスターを見て……」と誤魔化すと、向かいにいた男の子がすぐに「虹屋のでしょう。あそこのポスターを見てバザーに来た人って、けっこういたから」と相づちを打ってくれた。

虹屋とは萌乃香がよく行く大通りにあるスーパーであった。

萌乃香は頷いた。

その日は陽が落ちた後に急激に冷え込んできた。夜が深まるにつれて寒さは増していき、風も出てきた。深夜になると雪が舞い始めた。初雪だった。

萌乃香の部屋の浴室の出窓には、火の点いた蠟燭がショーウインドーの飾りつけのように並べられていた。萌乃香は湯ぶねに浸かってその灯りをじっと見ている。こうしていると心が癒されるのだ。いつもの萌乃香の入浴風景であった。

今夜は市販の蠟燭の横に手作りの蠟燭がお目見えしていた。今日のお昼に青年会で作った、萌乃香お手製のツートンカラー――赤と緑――の蠟燭である。

手作りといっても、青年会で行なった蠟燭作りは、もともとある蠟燭を溶かして用いるやり方だった。短くなった蠟燭や、溶けた蠟の固まりや、半端や使い古しの蠟燭を、湯せんして型に流すのである。型はプリンやヨーグルトの空きカップを使用した。

まず、仕上がった時に型を抜きやすいように、カップの内側に薄く油を塗るところから作業は始まる。次に底に穴を開けて、凧糸を通し、糸がまっすぐになるように割り箸ではさむ。その箸をカップの上に横向きに置き、最後にカップに溶かした蠟を流しこむのだ。

蠟燭に色をつけたい時は、蠟が熱いうちにクレヨンを削ってカップに入れればそれでよかった。箸で混ぜると、とろりとした液体が魔法のようにたちまち色が変わる。赤いクレヨンを入れると赤色に、青いクレヨンだと青色に、黄色いクレヨンは黄色に。色を濃くしたければ一本を丸ごと削って入れればいい。

カップでなく、四角いお菓子の缶の蓋に蠟を流しこみ、蠟が固まる前にクッキーの型抜で抜いて凧糸をつけると、ハートや星型の蠟燭に仕上がった。型を抜いたあとの蠟燭を四角に刻んで、色とりどりにカップの底に散らし、その上にまた蠟を流すと、モザイク模様の蠟燭が出来る。空の卵に蠟を流し込み、固まったあとで殻をむくと、卵形の蠟燭が現われた。

萌乃香は蠟燭を作るのは初めてだったが、作業を始めたら楽しくて、勝手がわかってからは、自分なりに工夫して作ってみた。リーチのことが常に気になったが、作業をしている間は気がまぎれていた。

初めに緑色の蠟をカップに流し、それが固まった上に今度は赤色の蠟を流しこんでみる。蠟燭が思惑通りのツートンカラーに仕上がった時は、萌乃香の顔に思わず笑みが広がった。

その時のことだった。

「クリスマスの色だね」

振り向くとリーチが後ろにいた。

萌乃香とリーチの眼が合った。が、それは一瞬のことで、すぐにリーチは眼を逸らせ、向こうに行ってしまった。

帰りがけ、係の男の子から「頑張ったご褒美に、ひとつだけ進呈するよ」と言われ、この時の蠟燭を選んだ。その赤と緑の蠟燭を見つめながら、萌乃香は青年会でのひとこまひとこまを、いま記憶の中でなぞっているのであった。

どうしてあの人はあんなによそよそしかったのかしら？

青年会の女の子たちとリーチはとても親しげだった。もしかしたらあの中に、リーチの「彼女」がいるのかもしれない。その人に知られたくなくて、だからあんな態度を私にとったのかもしれない。

そのことを予想していなかったわけではなかったが、それは萌乃香にとってつらい考えであった。

でも私の存在などあの人にとって、なにほどのものでもないはずなのに。たとえ彼女がいるとしても、なぜあんなにも失礼な態度をとられなければならないのだろう。まるでいちども会ったことがないかのように、私は無視されなければならないのだろう。

たしかに以前手ひどく断ったということはあった。でも、もし気が変わったらいつでも来て下さい、とあのときでんわでいってくれたのだ。初めて教会へ行ったのに。あの人は喜んで迎えてくれると思っていたのに……。

誇りを傷つけられた怒りよりも、萌乃香が覚えたのは、深い悲しみであった。

あの人は、私がどれほどの思いで教会へ行ったのかを知らないのだ。どれほどの勇気を奮って、どれほどの闘いに打ち克って行ったかを——。

礼拝の間中、萌乃香が見つめていたのは、ただリーチだけであった。萌乃香の関心はリーチのみに向けられ、その意識はリーチひとりに集中していた。だから説教の言葉は萌乃香の耳を刺さず、賛美歌の歌声もその胸を突かなかったのである。

これは萌乃香にとって大きな驚きであった。バザーの時、中庭や幼稚園には入れたが、「映画を上映していますよ」と、どんなに勧められても、教会の会堂にどうしても入っていくことができなかった。その場所に足を踏み入れたとたん、息絶えてしまうのではないか——そういう恐怖感を覚えていたからである。

そのわけは……。

それを認めるのが恐ろしくて、両手ですくった湯で音をたてて顔を叩いた。

雫を手の甲で拭った萌乃香は、自分に言い聞かせた。

これでよかったんだわ。私に神の言葉を聞く資格などない。賛美歌は私に似合わない。私はあの人にふさわしくないのだから。私はどうかしていたのだ。教会へ行くなんて。礼拝に出席するなんて。あの人に声をかけてもらいたいと望むだなんて。いったいどうしてこんな勘違いをしてしまったのだろう。運命だと信じるなんて——。

萌乃香は冷静にこれまでの自分の気持ちを分析してみた。

彼はまるで私を導く守護天使のように見えたのだ。闇に射し込んできた優しい光。それは私の中で輝きを増していき、未知の世界へと私をいざなっていった。私はそれに照らされたいと切に願い始めた。憧れに向かって、翼を広げ、解き放たれていく。扉が開かれ、魂の飛翔が許される。自分でも気づかずに、どんなに私はそれを求めていたことだろう。

それなのに……。

でも、これでいい。私にお似合いなのは暗闇の部屋なのだ。私の住まいは地下室。闇に閉ざされた、光の射さない部屋。それが私の居住地。定められた居場所なのだから。

——犯人は赦せない。赦してはいけないのよ。

あの時の言葉が甦ってくる。

その声は萌乃香の中で大きさを増していき、合わせ鏡のように反響し、やがてオーケストラの音のように昂まっていった。

そうよ、その通り。犯人は赦されない。

決して、赦されてはならないのだ。

「だって……」

萌乃香は赤と緑の蠟燭に向かってつぶやいていた。

「私は人殺しなのだから」

蠟燭の火はオレンジ色の炎を揺らし、小さな隕石のように燃え続けていた。

表情のない眼で、萌乃香はそれを見ていた。

## 九

初雪は舞っただけで積雪とはならず、翌日の空は気持ちよく晴れ上がった。風が冷たかったが絹代は外に出て、庭の山茶花に鋏を入れていた。

訪問者が訪れたのは、三本目の枝を切り終えて家に入ろうとしていたときだった。自転車が停まる音に振り向くと、リーチが「おはよう」と笑顔を向けていた。

「リーチ君、久しぶり。今日は大学は午後からなの?」

頷いたリーチを見て、絹代は弾んだ気持ちで玄関の戸を開けた。

「おあがんなさいよ」

絹代とひばりヶ丘教会とのつながりは祖母の美緒にまでさかのぼる。

当時、教会は開拓伝道を始めたばかりで、フィンランド人の宣教師一家が住んでいた。外国人が珍しい時代であり、美緒は遠くの町から道明寺家の長男のもとに嫁いできて、そのことを知った。ある日、教会で集会があると聞いた美緒は、好奇心からそこに出かけていった。それが道明寺家とひばりヶ丘教会との結びつきの始まりであった。

聖書の言葉に引かれて、やがて美緒は熱心に教会へ通うようになった。道明寺家は仏教であり、またその地方の名家であったために、同居していた舅姑を始めとして周囲との軋轢はあった。が、夫の理解が得られているのを唯一の頼みとして、美緒は怯まず教会へ通い続けていった。

その夫が、子供の誕生をきっかけとして教会へ行き始め、翌年のイースターに美緒とともに洗礼を受けた。それからは夫婦一致してクリスチャンホームの形成に力を注いでいった。次々と生まれた七人の子供たちは全員が両親の信仰を受け継いだ。こうして道明寺一家は教会の礎となっていったのである。

家督を継いだ美緒の長男も、クリスチャンと結婚してクリスチャンホームを築いた。この二人の間に長女として誕生したのが絹代であった。家を守るという価値観が根強く残っていた時代であった。道明寺家では男子に恵まれなかったため、絹代には婿養子をとって家を継ぐことが課せられた。絹代は定めに従った。

しかし——その結婚生活は不幸な形で終わった。夫の晴紀《はるき》が家を出ていったとき、絹代は三十八であった。

晴紀と絹代の間には子供がなく、同居していた絹代の父母もその後に亡くなったので、絹代がこの家で一人暮らしとなって十年近い歳月が経っていた。

リーチの両親である高柳牧師夫妻が赴任してきたのは、絹代の夫が家を出て十七年後であった。リーチはそのとき五歳で、絹代の両親は年老いていたが、まだ健在だった。

牧師夫人として忙しい直子は道明寺家を実家のように頼りにし、絹代は頼まれればいつでもリーチを快く預かった。絹代の父母もリーチをかわいがり、よく面倒をみてくれた。リーチの方でも三人になつき、特に絹代を実の祖母のように慕っていた。

やがて絹代の両親が相次いで亡くなり、リーチが中学生になると、部活や勉強の忙しさもあって、さすがに道明寺家へのリーチの足は遠退いた。

リーチがここを訪れるのは久方ぶりのことであった。

「よくきたわねえ」

絹代は声が華やいでいるのが自分でもわかった。教会でいつも見かけているし、昨日も礼拝で会ったばかりなので、久しぶりというわけではなかったが、どうしても孫が訪ねてきたような喜びがわいてくる。

「ちょうどよかったわ。いただきもののシュークリームがあるの。リーチ君の大好物だものね。コーヒーと紅茶、どっちがいい?」

茶の間の炬燵で、リーチは笑顔で答えた。

「紅茶」

床の間には絹代がさきほど鋏を入れた山茶花が活けてあった。絹代とリーチはそれを眺める形で炬燵に向かい合っていた。

シュークリームを食べ、紅茶も飲み終えたのに、ここへ来た本来の目的を果たしていないとでもいうように、リーチはまだ落ち着かない様子でいる。子供の頃からリーチにはこういうところがあった、と絹代は思い出していた。自分が本当に話したいことを言い出すまでに、時間がかかるのだ。二杯目の紅茶を口にする頃になって、ようやく切り出してきた。

「昨日礼拝にきた青木さんって、いつからキンちゃんの教室に通ってるの？」

絹代の子供時代の愛称は「キンちゃん」だった。リーチはこれが気に入り、初めて会った五歳のとき以来、ずっとこの呼び名で通している。

「最近よ。先月から二、三度いらしたくらいかしら」

「誰かの紹介？」

「そうじゃないの」

萌乃香と出会った秋明菊のいきさつを語って聞かせると、リーチは興味深そうに頷いた。

「そうか、それがきっかけで話をするようになったんだね」

カップで両手を温めながら、リーチはなおも萌乃香について訊ねてきた。

「じゃあ、キンちゃんがひばりヶ丘教会の人だってことは、バザーで会ったときに青木さんは知ったの？」

「私は台所の係でほとんど表に出なかったから、バザーでは青木さんに会わなかったの。私がひばりヶ丘教会の教会員だってことを青木さんに言ったのは、先週の教室のときよ」

「じゃあ……ぼくが英語の勉強会に誘ったあとなんだ」

と、つぶやいたリーチの言葉に、絹代は意外な思いでカップから顔を上げた。

「青木さんと知り合いだったの？」

「ちょっと、ね」

リーチは微妙に眼を逸らせた。

「実は……大学の合コンで知り合ったんだ」

照れくさそうにそう打ち明けると、これまでの萌乃香とのいきさつを語り始めた。

「アーミッシュの事件のことはぼくも知ってたし、関心もあったから、『犯人を赦してはいけない』っていう彼女の言葉に、考えさせられちゃって……」

話の内容に驚きつつも、淡々と語るリーチの顔を「変わらないものだ」と、絹代は感慨深く見つめていた。子供の頃からそうだった。内に秘めた感情が強ければ強いほど、リーチの顔は表情を失う。

高柳牧師夫妻を襲った二十年前の惨事を、絹代はもちろん知っていた。一家がひばりヶ丘教会に赴任してきたのは事件から五年後であったから、当時の役員や教会員たちは特別の配慮を持って一家に接したものである。

牧会の務めがはたしてできるのかと、周囲は心配していたのだが、それは杞憂に終わった。牧師としても牧師夫人としても、夫妻は仕事を忠実に誠実にやり遂げていた。あれほどの悲惨を体験したにも関わらず、二人の信仰はゆるぎなく、その精神も穏やかで安定しているかに見えた。まるであんな事件など起こらなかったかのようだった。

しかし、世間体をはばかって単身赴任だと体裁をつくろい、夫が家を出た真実を誰にも語らずに生きてきた絹代は、人の心の真の有り様は決して外からはわからず、その心はモダンアートのように複雑であることを知り抜いていた。

リーチは自分の心の中を不用意に外に現さなかったが、それは父と母にこれ以上の煩いや負担をかけさせないようにするために、冬に羽織るマントのように、彼が自然に身につけた術であった。リーチが辛抱強く聞き分けのいい子供なのは、両親の心の傷みを感じ取っているからなのだということに、絹代は気づいていた。

「そのとき以来彼女のことが気になって、それでバザーの案内状を出したんだ。英語の勉強会に誘ったのも同じ理由」

「青木さんの返事は？」

「エサに釣られて信者になるなんて思わないでください」

「まあ……」絹代は笑いだしてしまった。「手きびしいわね」

「ちょっとね。まあ、予想通りだったけど」

「私が知ってる青木さんからは想像がつかないわ。素直ないいお嬢さんよ」

「変わらないなあ。キンちゃんにかかると世の中の人はみんな善人になっちゃうんだから」

絹代が「本当にいいお嬢さんなのよ」と繰り返すと、リーチは笑って頷いた。

「でもさ、あんなことをいっておきながら礼拝に来るってどういうこと？　青木さんにどんな心境の変化があったんだろう？　礼拝に来てくれたのは嬉しかったんだけど、あまりに唐突な気がして。びっくりしてさ、彼女をどういうふうに受けとめたらいいのかわからなかったんだ」

「それで青年会のとき冷たくしたの？」

絹代はリーチをからかった。繊細なのに不器用なところも、リーチはちっとも変わっていない。

「冷たくなんかしてないよ。話しかけなかっただけ」

「それが冷たくしてるってことなのよ。かわいそうに青木さん、落ち込んでいなきゃいいけど」

リーチは苦笑したが、そのあと急に真剣な表情になって絹代に訊ねてきた。

「どうして青木さんは教会へ来たの？　キンちゃん、なんて言って誘ったの？」

「誘ったってわけじゃないの。礼拝の時間を訊ねられたので、試しに『もしよろしかったらご一緒しませんか』って言ってみたら、素直に『はい』と頷いて、それで終わり」

リーチは頭を大きくふった。

「わからない。答えを知りたくてここに来たのに、謎は深まるばかりだよ」

十

取り返しのつかない間違いをおかしてしまったような気分で、萌乃香は目を覚ました。

もっともこういう朝を迎えるのは稀ではなかった。人を傷つけたり、場を白けさせたり、そういうことをしてしまったと感じた翌日の朝は——翌々日の朝も——いつだっていまのような気分で目覚めを迎える。

今度は何を言ったのだろう？　お馴染みの自己嫌悪の海で溺れそうになるような、いったい私は何をしでかしたのだろう？

布団の中で昨日の記憶をたどり、思いを廻らせているうちに、萌乃香の心は意外にも、春のような安堵感にゆっくりと包まれていった。

私はただ教会へ行っただけなのだ。礼拝に出席し、昼食を皆とともにし、青年会に参加した。誰にも迷惑をかけていないし、誰も傷つけてはいない。

自分の言動を心の中で並べたて、おかしなところがなかったかとチェックしてみたが、大丈夫そうであった。

萌乃香は和やかにほほ笑んで、ゆったりと寝返りを打った。

それどころか、教会の人たちがかけてくれた親切な言葉や優しいまなざしが今頃になって思い出されてきて、幸せな気分になってきた。そのひとつひとつの場面を思い浮べていると、掛け布団から出た冷たい手指の先まで、温められていくかのようだった。

目覚めの悪い気分の原因はリーチ。

彼のことだけなのだ。

しかしこのことも、一夜明けた今となっては、萌乃香の気持ちは驚くほど変化していた。

たしかによそよそしかったけれど、話しかけてはくれなかったけれど、冷たく無視されたばかりではないわ。だって私が作った蠟燭を見て、「クリスマスの色だね」って言ってくれたもの。

昨夜はまるでマッチの火のようなかすかな望みにすぎなかったことが、今では灯台の輝きのようなまばゆさを持って思い出されてくる。それが自分でも不思議であった。

ふさわしくないと悟り、思いを断ち切ろうとしたけれど、あんな態度をとられたなら、あきらめるしかない、あきらめよう、と、自分に言い聞かせたけれど、そうではなかった。萌乃香は心の奥底で、やはりリーチを求めていたのである。

しかし、では次の日曜日も礼拝に出席するかと自分に問えば、そんな勇気は持ち合わせていないのだった。

嫌われていると思いたくないが、本当のところはわからないのだ。

リーチの一挙手一投足が気にかかるのに、その言葉や視線に息が止まりそうになるのに、無関心なふうなどとても装えない、と思った。ポーカーフェイスは苦手だった。彼を知らない人のようにはもうふるまえない、と、萌乃香は唇をかみしめているのだった。

でもリーチに会いたかった。

たとえ周囲にどう思われようと、リーチにどう思われようと、やはり彼に会いたかった。そばにいたい。声を聞いていたい。遠くからでもいい、ただ彼を見つめていたいのだ。その視線の先をたどっていたい。彼と同じ空間にいて、同じ時を過ごし、同じ空気を吸っていたかった。

礼拝で見たリーチの姿が萌乃香の脳裏に焼きついていた。

窓から注がれる朝の陽を浴びて、リーチの髪は金色に透き通って見えた。賛美歌を持つ彼の手はしなやかで、その背は若杉のようにまっすぐだった。

その日は一日中、どこにいても何をしていても、今度の日曜日に教会へ行くのをどうするのか、そのことばかりを考えていた。

行こうか。

行くまいか。

しかし萌乃香の心は定まらなかった。まるでコインの表裏で答えを決める時のようだった。投げるたびに答えが違っているのである。

ペン習字を続けるかどうかについても迷っていた。

萌乃香の稽古日は木曜日だったので、とりあえずこのことから答えを出さねばならない。

リーチを忘れるために通い始めた教室。それなのに絹代がリーチの教会の信徒だったとは。なんという巡り合わせ、なんという皮肉だろう。でもだからこそ、これを運命と受けとめ、勇気をふりしぼって教会へ行ったのである。

しかしその結果は……。

絶望感に襲われていた昨夜は、教室を辞めるつもりでいたのだった。だが一夜明けて、自分の気持ちの変化を自覚したとたん、この決心も、まるで真夏の陽炎のように、揺らぎ始めている。

どちらも決められないままに、萌乃香の一日は終わってしまったのだった。

その夜のことである。

風は強かったが、雨上りの空には星がまたたいていた。

萌乃香はさつき荘の部屋で机に向かっていた。

結論はまだ出ていなかったが、とりあえずペン習字の宿題を仕上げようと、下敷きを置き、プリントを広げた。今日の課題は平仮名の線の練習で、文字を一字一字気脈に気をつけて書いていく、というものであった。

気脈とは文字を構成する点画の間の一貫した筆の連なりのことをいう。プリントには次のような説明文が載っていた。


線が二本以上になると、それを書く時の筆順が決まっています。線の始筆部分や終筆部分は、筆順通りに書くと無理がありません。二本以上線があるときは、筆順を確かめることが大切です。筆順に注意して気脈が通じるように書きましょう。


それを読んだとき、萌乃香の心に何ごとか響いてくるものがあった。二本の線というのが、まるで教会と教室をあらわしているかのように思えたのである。

私は逃げようとしているのだろうか？　と、萌乃香は自分に問うてみた。

もう一度勇気をふりしぼって教会や教室へ行くべきではないだろうか？　自分の心に新しい文字を書くべきではないのだろうか？

そして今度は自分の心に言い聞かせてみた。

もうあと戻りはできないのだ、と。

私は光を見てしまったのだから。

しかし、萌乃香の心の底には、強い恐れがあったのだ。

でも、地下室の扉はふたたび開けられるだろうか？

私は橋を渡れるだろうか？

あの人の背中を追えるだろうか？

私にその資格があるだろうか？　と。

だがペンを握っていったん字を書き始めると、すべての迷いは一掃されていった。

花びらのような曲線や、飛行機雲のような直線。のびやかな線、やわらかな線。とがった角、まるみを帯びた角。はらう。はねる。とめる。

萌乃香の意識はペン先から描き出される線のみに集中していった。線と線が出会い、交わり、あるいは離れていく。ドキドキするほど近くに、時には他人行儀に距離を置いて。ダンスをしているような二本の線や、吐息のような点。はねっかえりの線や、おしとやかな線。大胆な線に、つつましい線。夢見るような線に、雫のような点。

どこからか歌が聞こえてくるようであった。

反り返っては駄目よ。お辞儀も禁物。形や長さに気をつけて。位置や空間のとり方を見計らい、すべてがジグソーパズルのようにぴたりとはまると、ほらお手本通りの文字の誕生。

生まれたての文字が、二字三字四字と増えていく。プリントの行が、三行四行五行と埋まっていく。

書くという行為が、ただ萌乃香には楽しかった。

夢中で書いて、三枚目のプリントを仕上げた頃には、萌乃香の心は定まっていた。ペン習字を続けよう、と。


木曜日に教室に行くと、絹代からリーチが月曜日にここを訪れていたと聞かされた。

「知り合いなんですってね。それなのに青年会であなたに失礼な態度をとってしまったって、気にしてたわ。ごめんなさいね。悪気はないんだけど、リーチ君ってちょっと不器用なところがあるの」

厚い扉が音をたてて開かれていく。

その映像を萌乃香はイメージの中で見ていた。

「今度の日曜も礼拝に来れる？　もう教会に来てもらえないんじゃないかって、リーチ君ったらひどく心配して……」

「行きます」

萌乃香は真剣な眼をして答えていた。

# 十一

講壇の燭台の四本の蠟燭には、その三本に火が点されていた。来週の日曜日には四本目の蠟燭にも火が点される。いよいよクリスマスの週を迎えるのである。

全盛期には二百名を越える教会員がいた「ひばりヶ丘教会」も、戦時中の弾圧や戦後の都市への人口流出で信徒が激減した。高柳牧師一家が十五年前にこの教会に赴任してきた当時、教会員の数は三十名に足りないほどであった。しかしその後、ベッドタウンとして街の人口が増え始め、それとともによその教会から転入したり、求道者が与えられたりして、教会の信徒の数はここ十年の間に三倍以上に増えていた。

今年もイースターに二人の求道者が洗礼をうけた。来週のクリスマス礼拝には新たに三人が洗礼を受けることが決まっている。これは直子にとって大きな歓びであった。またアドベントに入って礼拝に五人の新来会者があったが、そのうちの二人が続けて礼拝に出席している。このことも嬉しい出来事であった。

一人はひばりヶ丘幼稚園の園児の母親だったので、直子は見知った仲だった。だが、もう一人の青木萌乃香という女子大生については、二週間が経った今となっても、ほとんど何も知らなかった。いつもなら新しく教会へ来た人には特に配慮して、できるだけ話しかけるようにしているのだが、ここのところ忙しさに追われ、礼拝の後に挨拶程度の言葉をかけるのが精一杯だったからである。

バザーの時には遠くで見かけた程度だったので、直子が萌乃香と初めて言葉を交わしたのは、萌乃香が初めて教会を訪れた礼拝直後であった。

「よくいらっしゃいました。この教会の牧師の妻で高柳直子と申します。お時間がありましたら、昼食の用意もありますので、どうぞごゆっくりしていってください」

直子がこう挨拶すると、萌乃香はこわばった面持ちで、

「青木萌乃香です。よろしくお願いします」

と頭を下げた。まるで女王陛下と対面しているかのごとくに緊張していたのが、印象的であった。

その後、萌乃香が青年会に残って蠟燭作りをしたのは知っていたのだが、牧師館の窓からたまたま見かけた、帰っていくときの後ろ姿がひどく寂しそうだったので、何となく気にかかっていた。だから萌乃香がその後も続けて礼拝に出席したことは、直子にとって嬉しい出来事だったのである。

そればかりでなく、リーチから「青年会のクリスマス会にも出席してたよ」と聞かされた。

「青木さん、どんな様子だった？」

「青年会で作った蠟燭を使った演出がよかったみたいだよ。燭火礼拝に感激したってキンちゃんに話したらしいよ。それを聞いたキンちゃんが、書道教室のクリスマス会にそれを使いたいって

いうんで、青年会が燭火礼拝の出前をすることになったんだ。今年のキンちゃんところのクリスマス会は盛大だよ」

「燭火礼拝の出前？」

その言葉がおかしくて直子は笑った。

「ひばりヶ丘教会」は教勢が伸びていたが、ほかの教会も順調であるかといえば、そうとばかりは限らなかった。むしろ信徒が減り、求道者が与えられず、衰退していく教会の方が多かったのである。

この街にはカトリックとプロテスタントを合わせて八つの教会があった。教会の衰退というこの現実に危機感をもったひとりの牧師の発案によって、七年前から月に一度超教派の祈禱会が持たれるようになっていた。集うのはこの街の教会の聖職者、あるいはその妻たちで、集会の場は最初は持ち回りだったが、現在は「ひばりヶ丘教会」で行なわれるのが常となっていた。

牧師夫人の中には、集会が終わったあとも居残って、直子に打ち明け話をしていく者が多かった。

多くの牧師夫人が、教会員との折り合いやその距離の取り方の難しさに悩んでいた。あるいは牧師である夫と信徒との板挟みに苦しんでいる人も少なくなかった。

「こんなに一生懸命にやっているのに、周りに正しく評価されないのがつらい」と訴える人もいた。

また、問題が解決されないことに思い詰め、自分を責めて、

「こんな私が牧師夫人をしていていいのでしょうか?」

「私が教会の役にたっているのでしょうか?」

「私がいない方が教会のためなのではないでしょうか?」

と泣きながら直子に問う者もいた。

彼女たちが誠実であればあるほど、その悩みも苦しみも大きいのである。これらの話を聞いていると、いつも直子は自分の無力を感じて、情けなくなった。が、打ち明け話をしている相手に対しては、かぎりない愛しさをおぼえるのであった。

誰もが不完全であり、誰もが未熟なのだ——と、直子は思った。自分を含めて、多くの人が、現実に打ちのめされそうになる。神にすべてを明け渡すことのむつかしさを抱えながら、教会に仕えているのである。

しかし、中には直子が励ましをもらう場合もあった。

十歳を頭に、五人の子供の母親である澤田野百合《のゆり》という牧師夫人がいた。野百合の三番目の子供の正樹は、生れつき脳に障害があった。

夫の達彦が牧会している教会は、信徒が十人にも満たない小さな教会で、その信徒も高齢化していて奉仕が十分にできなかったため、野百合にかかる負担は多大なものがあった。が、彼女は天性の陽気さと確固たる信仰で、押し寄せる大波を乗り切っていた。

正樹が誕生したのは達彦が以前から出席を望んでいた牧師のセミナーを控えた頃だった。セミ

ナーに出席すれば、達彦が一ヵ月教会を留守にするという事態となる。行き先は韓国。費用の心配もあった。しかも生まれた子供は障害児だったのである。

達彦は悩みに悩んだ。何度もあきらめようとした。しかしどうしても願いを断ち切ることができない。神の御心を求めて祈っていくうちに、「行きたい」というよりも、その思いはついには、「行かねばならない」という使命感にまで高められていった。

意を決して、達彦は「セミナーに行く」と妻に打ち明ける。すると野百合はこう答えたのだ。

「その言葉を待っていたんです」

セミナーに参加した達彦は大いなる祝福を受けた。そこで学んだことは、それから後、牧会者としてやっていく上での達彦の礎となったのである。

今日も祈禱会にはさまざまな面々が集っていた。

皆にそれぞれの事情があり、一人一人が自分の物語を持っていた。だがその背景は違っても、ここに集っている者たちは神の名においてひとつだと言えた。

最後の者が祈り終えると、一同は「主の祈り」で祈禱会をしめくくった。

「天にまします我らの父よ。ねがわくば聖名をあがめさせたまえ。御国を来たらせたまえ。御心の天になるごとく、地にもなさせたまえ。われらの日用の糧を今日もあたえたまえ。われらに罪をおかす者をわれらがゆるすごとく、われらの罪をもゆるしたまえ。われらを試みにあわせず、悪より救いだしたまえ。国と力と栄えとは、かぎりなく汝のものなればなり。アーメン」

# 十二

書道教室の生徒が主役の道明寺家のクリスマス会には、三十人を越える子供たちと青年会の有志が集まっていた。

なんて綺麗なのかしら。

蠟燭を見つめる萌乃香の顔は、灯火のゆらめきを受けて輝いていた。

キリスト教では「世を照らすまことの光」という意味で、蠟燭をイエス・キリストのシンボルとして使用する。道明寺家の長テーブルには、赤、緑、黄、青、紫、オレンジ、ツートンカラー、モザイク模様など、色とりどりの蠟燭が点火されて置かれていた。

テーブルにはほかにも、苺ののったケーキや、星や鳥やハートの形をしたクッキーや、ミカンを盛った皿がいくつも並べられている。オレンジ色の明かりと、壁に映る人影で、奥座敷はまるでおとぎの国のような雰囲気に包まれていた。

絹代の挨拶が始まった。

「皆さんクリスマスおめでとうございます。今年のクリスマス会は、教会の青年会のお兄さんやお姉さんたちが、皆さんのために特別に燭火礼拝というのをしてくださいます。蠟燭が綺麗でしょう。これはみんなこのお兄さんやお姉さんたちが作ったものなんですよ。燭火礼拝が終わったら、腹話術やゲームをしてくださいます。楽しみですね。足が痛い人はいませんか？　我慢しないで伸ばしていいんですよ。それでは、お祈りをして始めましょうね」

絹代の祈りが終わると、リーチが立ち上がって新約聖書のルカによる福音書を読み上げた。

「恐れるな。見よ、すべての民に与えられる大きな喜びを、あなたがたに伝える。きょうダビデの町に、あなたがたのために救い主がお生れになった。このかたこそ主なるキリストである。あなたがたは、幼な子が布にくるまって飼い葉おけの中に寝かしてあるのを見るであろう。それが、あなたがたに与えられるしるしである」

クリスマスとは、救い主であるイエス・キリストの降誕を祝う日である。

全人類の罪を背負って十字架にかかるために誕生したイエス・キリスト。人間の肉体を持ちながら、同時に罪のない神のひとり子。また、「右の頬を打たれたら、左の頬を差し出せ」「汝の敵を愛し、迫害する者のために祈れ」と説かれたイエス。この世離れしたこんな話を本気で信じているのはどんな変り者なのだろう。このイエスの教えを守っている人々とは、いったいどんな聖人君子なのかしら――と、萌乃香が今までクリスチャンに対して抱いていた知識や思いは、この程度であった。

しかし、身近に接してみると、彼らは意外にも、世俗的な面を合わせ持つ、普通の人々であった。それどころか、教会へ来る前はキリスト教の知識さえ乏しかった人がいて、青年会で聞いた次のような会話は萌乃香を驚かせた。

「クリスマスがキリストの生まれた日だなんて、教会にくるまで知らなかったよ。サンタクロースが来る日だと思ってたんだ」

「私は七面鳥を食べる日だと思ってたわ」

たとえ世間の人たちより、いくらか親切だったり、穏やかそうに見えたりしたとしても、彼らは普通の人々であった。その背に羽がはえているわけではないし、頭上に金の輪冠が浮かんでいるわけでもない。中には世間並みに意地悪だったり不愉快だったりする人たちもいる。

でもリーチは萌乃香にとって特別であった。彼はほかの人とは違う何かを持っていた。それを言葉にするのは難しかったが、彼はほかの誰とも違っているのである。たとえばほかの人たちが森の木々だとしたら、リーチは月であった。彼らが砂漠の砂だとしたら、リーチは風なのである。

リーチは相変わらず萌乃香に話しかけてくることはほとんどなかった。しかし萌乃香はもうそのことを気にしていなかった。嫌われていないということがわかっただけで、十分だったからである。

だからいま、道明寺家の奥座敷で、萌乃香は喜びに浸っていた。蠟燭の向こうのリーチの姿を、心ゆくまで見ていられたのだから。


クリスマス礼拝が行なわれる朝を迎えた。

講壇の四本の蠟燭は今やそのすべてが点火されていた。壇上にはカサブランカやフリージアや薔薇を活けた豪華な壺が飾ってある。いつもは背広で礼拝にのぞむ高柳牧師が、今朝は式服のガウンを身にまとっていた。

礼拝が終わると、集会室でクリスマスの祝会が行なわれた。合奏に合唱、腹話術にマジック。最後に降誕劇の披露。時間をかけて準備されただけあって、見応えのある出し物が多く、中でも高柳牧師が披露したプロ顔負けのマジックは、拍手の渦の中をアンコールの声が鳴り止まなかった。

燭火礼拝のあとのキャロリングは萌乃香にとって初めての体験だった。蠟燭を手に信徒や求道者の一軒一軒を歌って回るのである。

家の前で合図のタクトが振られると、参加者は一斉に各パートに別れて歌い出した。

もろびとこぞりて　迎えまつれ
久しく待ちにし
主はきませり　主はきませり
主は　主は　きませり

聖夜の空に立ち上る歌声は、幻想的だった。

訪れた先では「クリスマスおめでとうございます」と互いに挨拶を交わし合った。参加者はねぎらいの言葉をかけてもらったり、キャンディをもらったり、昆布茶をふるまってもらったりする。

一度だけリーチが萌乃香のそばにきて尋ねた。

「疲れない？」

萌乃香は笑顔で答えた。

「ちっとも」

空には月と星がさやかに輝いていた。

この年のクリスマスを一生忘れない。

夜空を見上げながら、萌乃香はそのすべてを心に刻んでいた。

## 十三

昼が終わる。夜が訪れる。その一日が明るい輝きに満ちていればいるほど、夜は沈鬱で、闇の色は深い。

クリスマスが終わる。

すると毎年小枝の命日を迎えた。

その日、冬休みで家にいた小枝が、友達の家に行くと家を出たのは午前十時過ぎ。昼食に戻ってくるはずが、いつまでたっても帰宅しなかった。

心配になった直子が友達の家に電話をしてみると、来ていないという返事。心当たりに電話をしてみたが、どこにも行っていない。そのうちに陽が傾き始めたが、やはり小枝は戻らなかった。行き先を告げないで何時間も家を留守にするような子供ではなかった。胸騒ぎを覚えた夫の鋼《こう》平《へい》と直子は、夕暮を待たずに警察に届けた。

小枝が無残な遺体となって発見されたのは、その五時間後であった。

そのときのことを直子ははっきりと思い出せない。まるで色のない無声画像を見ているように、細切れの映像が断片的に浮かんでくるだけなのだ。

「犯人を赦すのよ」

そういった牧師夫人の姿だけに色がついている。

その言葉は、まるで溶接したかのように、直子の心にぽっかりと空いた空洞に蓋をした。一ミリの隙間もなく空洞は閉じられ、密封されてしまった。火山の大噴火さながらに緋色に燃え上がった炎は、その中に封印された。溶けて流れ出た溶岩とともに。

思い出せば、内臓が灼ける。考え始めると、まるで世界がボタンひとつでリセットされたように、失われていく。今までの価値観が音をたてて崩壊していく。生きている意味も、この世の善も正義も、人の愛も温かさも、何もかもわからなくなる。すべてが信じられなくなってくる。

だから直子は事件の記憶を抹殺しようとした。

何も起こらなかった。事件など始めからなかったのだ。だから犯人はいないし、被害者もいない。

ただ小枝が天国にいった——神様に招かれて。

これだけが真実なのだ。

そう直子は、何十回も、何百回も、何千回も、自分に向かって言い聞かせ続けた。

うまくいかない時は賛美歌を口ずさんだ。聖書を声に出して読み、「助けてください！」と叫ぶように祈った。

何も考えないように、思い出さないように。ちょっとした油断も隙も自分に与えないようにした。別のことで気をまぎらわせたり、ほかのことで心がいっぱいになるように。死に物狂いで努め続けた。

牧師夫人であることが直子の場合は役に立った。

小枝を亡くした直後、気力というものをすっかり失ってしまった直子は、その時に受けた温かな援助の手を忘れなかった。ふりしぼるような意志の力で立ち上がった直子は、恩返しをすることによって、自分を奮い立たせたのである。

たくさんの人々が悩みや問題を抱えていた。彼らは直子のもとにやってきてはそれを打ち明けた。

経済の問題、職場の問題、健康の問題、家庭の問題。それは多岐に渡っていた。

夫が解雇されたとか、給料が下がったとかストレスがたまっているとか、腰痛が治らないとか更年期でつらいとか。あるいはそれは介護の悩みだったり、ひきこもりの子供がいる苦しさだったり、親子の不仲や夫婦の不和だったりした。

中には子供を亡くしたと打ち明ける人もいた。

この人たちの言葉には特に、直子は心からの共感を持って耳を傾けた。慟哭という不協和音を奏で、喪失感の海を何千里も泳ぎ続けている人。はかり知れない心の痛みに圧しつぶされそうになり、自分もあとを追いたいと願っている人。現実を受け入れることができず、夢遊病者のようになっている人。あるいは仕事や家事をこなしながらも、心はいつも上の空で、何の感情も湧かなくなってしまった人。何を食べても味がわからなくなり、寒さや暑さも感じなくなって、機械のように生きている人。子供の写真や絵をリビングに飾り、それに毎日花を供えないではいられない人がいるかと思えば、思い出の品を目にしたくなくて、子供部屋に入れなかったり、子供に関するいっさいのものを片付けてしまった人がいる。

子供を亡くしたと一口にいっても、亡くなった子供の年齢、性別、亡くなり方はそれぞれにみな違う。それによって受けとめ方は微妙に変わってくるし、性質といってしまえばそれまでだが、子供を亡くした親の反応は千差万別である。

みんなが哀しみを抱えているのだと直子は思った。

だから私も耐えなければならない。

まるで峡谷の吊橋を息を呑んで渡っているかのような日々の連続であった。

前を見て、ただ前だけを見つめて、直子は進んだ。

立ち止まってはならない。

一瞬の油断も許されない。

谷底に視線を向けると、眼がくらむ。足元がすくわれる。バランスをくずして、まっさかさまに落ちてしまいそうになるのである。

夢中になって過ごしているうちに、気がつくと二十年もの歳月が経っていた。

そして小枝の命日である今日——。

アーミッシュの事件を知ったことがきっかけとなって、騒ぎ始めていた心を、直子はいま鎮めようとしていた。

夕食を終えた後、鋼平はいつものように書斎にこもり、リーチは自室に上がっていった。リビングに一人残された直子は、ソファーで心静かに目を閉じた。

抹殺しようとしていた記憶を、思い出そうと努めてみる。しかし記憶はやはり定かではなく、細切れに浮かんでくる映像もベールがかかったようにかすんでいた。

直子は恐る恐る自分自身に問うてみた。

二十年前の今日、何かが起こった。

ひとつの事件。

そう、そのことは認めましょう。

では、いったい何が起こったの？

すると古い映画を観ているように、しだいに記憶のフィルムが回り始めた。

山陰の城下町。

市内に川が流れている。

鈍色の空。

白い木立。

街は雪に覆われていた。

「美奈子ちゃんの家に行ってきます」

台所で声をかけられ、直子は濡れた手をエプロンで拭きながら小枝の後を追った。

「お昼ご飯には帰るのよ」

「はい」

小枝は玄関で赤い長靴を履いていた。

「行ってきます」

「行ってらっしゃい」

ふいに画面が暗くなった。次の場面に切り替わったのだ。

ストーブのヤカンが音をたてている。柱時計の針は十二時九分を指していた。小枝が帰っていない。直子は美奈子ちゃんの家に電話をかけていた。

「小枝がそちらにうかがったと思いますが……」

「今日は来ていませんよ」

受話器の向こうから聞こえてきた美奈子ちゃんのお母さんの言葉に、直子は息を呑んだ。

「え？」

じゃあ、よそのおうちにいったのかしら？　でもそんなことってありえない。

直子はにわかに心配になってきた。

まさかとは思うけれど、もしや事故にでも遭ったのでは……。

夫の鋼平にそのことを告げ、二人で心当たりを捜し、それでもどこにもいないので警察に届けた。

そして……。

祈るように組んでいた両手に、直子はふるえながら力をこめた。

と、突然目の前の映像が真っ白になった。記憶のフィルムが切れたのだ。過去を映す映写機が、カラカラと音をたてて空回りをしている。

いったい何が起こったのだろう？　事件が発覚し、マスコミが騒ぎ出し、そして犯人は教会に出入りしていた求道者。ここまでたどりつくはずだった。二十年を経た今なら、耐えられる。耐えてみせると思っていたのに。

直子は唇をかみ、テーブルの聖書をじっと見た。

しばらくして覚悟を決め、もう一度試みようと努めてみた。

目を閉じて、集中する。記憶の迷路に踏み込んでみる。しかし、犯人の顔も名前も、確かに知っていたはずなのに、どうしても思い出せない。思い出そうとどんなに努めても、まるで記憶がそこだけ切り取られたかのように、欠落してしまっているのである。

直子は額の汗を拭い、両手を組み直した。

いったいどうしてしまったのだろう？　耳をふさいでも、ふさいでも、どうしても聞こえてしまう叫び声のように、そうと認めなくとも絶えず頭の隅でその存在を主張していた記憶だった。

忘れるはずがない。忘れられるはずがない。それなのに、いざとなると何も思い出せないなんて……。

私は本当に記憶を抹殺してしまったのだろうか？

思いがけない展開に直子は衝撃を覚えていた。

しかし、テーブルに組んだ自分の両手を見つめているうちに、安堵が体中に広がっていくのがわかった。

これでよかったのかもしれない。

もしかしたら私は勝ったのかもしれない。

立ち向かい、そして勝利したのだ。

記憶の抹殺——これこそが二十年の歳月をかけて私が成し遂げたことなのかもしれない。覚悟の上とはいえ、思い出したら、おそらく今までのようではいられなかっただろう。そうなればどれほどの苦しみが待っていたことか……。

何も考えたくない。何も判断したくない。

だって、犯人は赦さなければならないのだから。

夜になって降り始めた雨が、茶の間の窓を叩いていた。

直子は立ち上がって、カーテンを閉め、浴室に向かっていった。あたかも全力疾走した選手がゴールのテープを切ったときのような、晴れやかな笑みを浮かべて——。

夜がゆっくりと更けていった。

「犯人を赦すのよ」

そう言われて、頷いたあのとき、直子の心の空洞に封じ込められてしまった炎と溶岩。緋色に燃え上がったその怪物の存在に、直子は気づいていなかった。

それが空洞の中で息づき、成長していることにも……。

## 十四

同じ頃――牧師館の書斎では、鋼平が机に向かって独り物思いに沈んでいた。

雨の音に気づいて、窓に向けた視線を、鋼平は机の置時計に戻した。時刻は九時十三分を指している。

ちょうど今頃だった。

鋼平は二十年前のこの夜を回想していた。

「お嬢さんが見つかりました」

牧師館の玄関で、訪れてきた警察官から鋼平はその知らせを受けた。

「無事なんですね?」

行方がわからなくなってから十一時間が経過していた。

その間、ありとあらゆるところを捜し、無事であることを神に祈りながらも、鋼平は最悪の事態をも想定していた。こんな寒さの中、九歳の子供が、何時間も行方がわからないというのは尋常のことではない。少なくとも自分の意志に反した場所にいるとしか思えない。何が起こったのだろう？　怪我でもして動けないのだろうか？　何かの事件に巻き込まれたのだろうか？　誘拐されたのだろうか？

しかしそれはあくまで想定であった。

無事でいるに違いない。きっと何かの手違いに違いない。思いもかけないような事態が生じていて、ひょっこり元気に帰ってくる。きっと後々までの笑い話になるに違いない。

心のどこかでそう信じている自分がいた。

それなのに、小枝が見つかったという喜ばしき知らせをもたらしたはずの警察官は、まるでパーティ会場に喪服を着て登場した侵入者のように、困惑した表情をしている。

喪服？

なぜなのだ？

答えが返ってくるまでを、鋼平は永遠のように感じた。

「残念ですが……」

それを耳にした瞬間、鋼平は自分のからだがこの世界から遊離してしまったような錯覚に襲われた。警察官の口が開いたり閉じたりしているのは見えていたが、何を言っているのか理解できなかった。

遺棄現場はすぐ近く――教会の裏山――だったが、そのことはこのとき知らされなかった。小枝は絞殺され、全裸の姿で、雪の積もった斜面に放置されていたのである。全身を殴打されており、性的被害を受けていた。

直子に付き添ってくれていた牧師夫人が、遺体の確認は直子には耐えられないだろうと言ったので、鋼平は一人で警察官について行った。

まるで映画を観ているようであった。

警察署の階段を上がり、ドアを開け、部屋にいる人々に挨拶をする。が、まるで現実感がなかった。自分が肉体を抜け出し、どこか高い所から見下ろしている。そんな感じであった。

小枝の遺体を眼にしたときも、もう一人の自分が淡々と「間違いありません。娘の小枝です」と答えていた。まるで物語を演じているかのようだった。おそらく傍目には冷静に見えたことだろう。

鋼平のこの冷静さは、小枝の前夜式でも告別式でも、そのあともずっと続くこととなる。

容疑者は三日後に判明した。

稗田島行男《ひたじまゆきお》。二十六歳。

稗田島が逃亡先の温泉宿で自ら命を断ったのは大晦日の未明であった。

事件は次のような見出しで地方新聞の一面を飾った。

神はどこに？

つきつけられたマイク。光るフラッシュ。カメラ。リポーターの群れ。

「こういう形で終わったのは残念ですが、事件は解決しました。迅速に対応してくださった警察の方々には感謝しています」

報道陣の前に立ったときも、鋼平の言動に乱れはなかった。

「犯人についてどうお考えですか？」

「いまはまだ気持ちの整理がついていません。申し訳ありませんが、コメントは差し控えさせていただきます」

麻痺していた感覚が甦り、小枝が殺されたという事実が現実感を伴って迫ってきたのは、事件からずっと経った後であった。


鋼平はキリスト教とはまったく無縁の環境で育った。

生まれたのは東京の下町だった。家は小さな雑貨屋を営んでおり、長男である鋼平は小学生の頃から商売の手伝いをさせられていた。学業の成績がずばぬけて良かったので、大学進学を許された鋼平は、東大に進む。両親の期待は大きく、本人もその期待に応えるべく、学びに励んでいた。

しかし大学二年の夏に、友達に誘われて参加した教会のキャンプで、キリスト教と出会い、入信する。やがて周囲の猛反対を押し切って、大学を中退して、神学校に入学。その時点で実家から絶縁され、神学校は奨学金とアルバイトでやりくりしながらの卒業であった。

鋼平が牧師になると決め、大学を中退したのは三年の秋であった。卒業するまであと一年余。その一年の間に熟考を重ね、それでも決心が変わらなければ、それから神学校に行ってもいいのではないか、と諭してくれる人は多かったが、神からの召命は明確であり、鋼平に迷いはなかった。

神学校を卒業して伝道師として働き始めた二年後、同じ教団の牧師の娘である直子を紹介された。

鋼平は直子の純真無垢な信仰に惹かれた。直子にとって神の存在は当たり前であり、聖書を読むのは食物を摂ることと同じ、祈りは呼吸だった。神は愛であり、天のまことの父であった。自分の務めは神に仕えることであり、隣人を愛することである——と、何の疑いもなく信じていた。信仰深い両親によって、キリスト教のこの偉大な教えを刷り込まれて育った直子は、まるで湧き水のもとに植えられた可憐な花のごとくに、清らかに輝いて見えたのである。

鋼平はこんな直子に憧れを覚え、自分の足りなさを補ってくれると信じた。直子と結婚した鋼平は、新たな歓びを持って牧師の務めに励んでいったのである。

事件が起こったのは結婚してちょうど十年目であった。

子供が殺害される。しかもその犯人は教会に出入りしていた人物であった。この現実が実感となって迫ってきた瞬間——麻酔が切れた魔のごとき刻——は、事件から三週間後にやってきた。

教会の玄関に赤い長靴がそろえてあった。信徒の子供のものであったが、鋼平にはそれが小枝の長靴のように思われた。

一瞬、小枝が教会にいると勘違いし、次の瞬間、そんなはずはないという現実に思い当たって、愕然とした。

小枝はいない。

殺されたのだ。

あの男に。

瞬時に燃え上がった怒りに、鋼平は正気を失いそうになった。

まるで爆発した火山に生きたまま投げ入れられたかのようであった。咆哮し、のたうち回るような、身の置き所のない苦しみ……。

このときから鋼平の地獄が始まったのである。

それはまさに地獄としか形容のできない、凄惨な苦しみの世界であった。そこで味わう痛みは、人として耐えられる限界をはるかに超えていた。

遺体と対面したときに脳裏に焼き付けられた映像が、この後になって幾度も甦ってきた。

凝固した血で覆われた髪と顔。腫れ上がった顔面。潰れた鼻。破れた唇。折れた前歯。これが我が娘だとはとうてい思えない。小枝であるとはどうしても信じられなかった。けれどリボンの形をしたヘアピンに、見覚えがあった。額のホクロが、この小さなきがらが小枝である、と、教えているのである。

可哀想に……どんなに痛かっただろう、恐かっただろう、苦しかっただろう。

思い出す度に、鋼平は、独り書斎で号泣した。

赦せない！

まるで身体の中で炉が燃えさかっているようであった。鋼平の心は、犯人への憎しみでたぎった。

教会へ通う求道者と世間に発表されたが、犯人の稗田島行男が教会の礼拝に出席したのは、事件の二ヵ月前の一度だけであった。その次の日曜日からは、稗田島は教会学校に参加し、教師の手伝いを始めた。ちょうどクリスマスの前で、祝会の準備で忙しい時季だったので、教師たちは稗田島の参加を喜んだ。

稗田島が亡くなった今となっては、何の目的で教会学校へ参加していたのか、最初から犠牲者を見つけるためだったのかどうかは、わからない。

しかし鋼平は自分を責めた。

どうして見抜けなかったのだろう？　自分にきちんとした認識があれば。もっとよく観察していれば……。どうして時間をとって稗田島と話をしなかったのだろう？　なぜ教会学校へ易々と出入りさせてしまったのだろう？

どうして？　なぜ？　の二重奏は、しなやかなロープのように巻きついて、鋼平の心を締め上げた。

鋼平は自分を責め続けた。

ただ殺害されたばかりでなく、性的被害を受けた――そのことは極力考えないようにしていたのだが——そのことを思うと、気が狂いそうであった。

我が子が生き地獄のような苦しみに遭っていたというのに、どうして何も感じなかったのだろう？　助けを求めたに違いないのに、父を、母を、呼んだに違いないのに、なぜ小枝の絶叫を、悲鳴を、絶望を、感じとれなかったのだろう？

自分は父親としての感性が足りないのか？　情が薄いのか？

ときどき頭の奥で小枝の叫び声が聞こえてきた。

——お父さん、たすけて！

——たすけて、お願い。お父さん！

今頃になって。もう手遅れなのに……。


聖書に記されている天国に、命綱のように鋼平はすがった。たとえどんな死に方をしても、小枝の魂は天国にいる。それだけが鋼平の心の支えであった。

特にヨハネの黙示録の七章のことばを心に刻み、朝も昼も夜も唱え続けた。

「彼らは、もはや飢えることがなく、かわくこともない。太陽も炎暑も、彼らを侵すことはない。御座の正面にいます小羊は彼らの牧者となって、いのちの水の泉に導いて下さるであろう。また神は、彼らの目から涙をことごとくぬぐいとって下さるであろう」

たとえ恥辱と苦痛にまみれた最期だったとしても、小枝はいまは安らかでいる。もう痛くない。苦しくない。泣いてはいないのだ。そう思い至ると、心が深く慰められた。天国にいる小枝の姿を鋼平は想像し、その魂のありかを確認し続けた。

　犯人に対する感情は、十字架につけた。

「わたしはキリストとともに十字架につけられた。生きているのは、もはや、わたしではない。キリストが、わたしのうちに生きておられるのである」

「愛する者たちよ。自分で復讐をしないで、むしろ、神の怒りに任せなさい。なぜなら、『主が言われる。復讐はわたしのすることである。わたし自身が報復する』と書いてあるからである。むしろ『もしあなたの敵が飢えるなら、彼に食わせ、かわくなら、彼に飲ませなさい。そうすることによって、あなたは彼の頭に燃えさかる炭火を積むことになるのである』。悪に負けてはいけない。かえって、善をもって悪に勝ちなさい」

　憎しみが沸き上がってくるたびに、これらの聖書のことばを自分に言い聞かせ、耐え続けた。

　本当は犯人を赦したくはなかった。

　八つ裂きにしても足りない。これが鋼平の本音であった。犯人を一生涯憎み続けていたかったのである。

　しかし牧師として召されている自分にとって、取るべき道はこれしかないのである。

　毎日が戦いの連続であった。

　自分で復讐することができたら、どれほど心安らかになれるだろう。そう考えることもあった。体面も立場もかなぐりすて、感情のままにふるまうことができたら——しかし稗田島は死んでしまった。振り上げた拳を下ろす相手さえ、鋼平は奪われてしまったのである。

どうしてこんなことが起こったのか？

なぜ神はこんな悲惨を許されたのか？

どうしてもわからなかった。

福音を理解した大学生の頃、このお方のためならばどんなことでもできると、鋼平は深い感激を覚えながら願ったものである。神に喜ばれる者になりたい、神の役に立ちたい、と――。

それなのに、いまは、神を疑い、神に怒りを覚え、犯人を赦せない自分がいる。

鋼平は自分が情けなかった。こんなはずではなかった。こんな自分ではなかったはずなのだ。

それに比べると、妻は立派であった。これほどの悲劇が起こっても、神を疑わず、犯人を憎まず、良き牧師夫人として努めている――鋼平の眼にはそう映っていた。

それは鋼平にとって驚異であった。

どんなときにも感謝を忘れず、隣人に関心を持ち、求めてくる人の助けとなっている。

直子はいつも正しかった。正しすぎるほどであった。

どうしてそのようにふるまえるのか？

三つ子の魂百まで、という言葉通り、それはそのように育てられたからとしか答えようがない。

そういうものなのだろう、と、鋼平は納得していた。

そんな妻に、鋼平は自分の弱さは見せられなかった。夫婦なのに体裁をつくろわなければならない。誰にも本音が言えないのである。書斎に独りこもると、鋼平の胸には孤独感が大きな波の音のように押し寄せてくるのであった。

こんな状態で牧師を続けていけるのだろうか？　と、鋼平は思い悩んだ。痛みに唸り、血が噴き出ているような、こんな精神状態で、毎週毎週講壇に立ち、説教ができるだろうか？　自分が問題を抱えているというのに、問題のある人間の話に耳を傾け、アドバイスができるだろうか？信徒の霊的レベルを引き上げ、求道者に神の愛を語る。そんなことがはたして自分にできるのだろうか？

先のことはわからなかった。だが眼前の仕事はこなさなければならない。牧師であるからには、ほかに逃げ場がなかった。鋼平は自分に鞭打ち、日々聖書を読み、牧師の務めを果たしていた。

あるとき、福音書を読んでいた鋼平は、ルカの二十二章に心引かれるものを感じ、目を留めた。それはイエスが十字架につけられる前の「最後の晩餐」の記事であった。

その箇所で、イエスは「わたしを裏切る者が、わたしと一緒に食卓に手を置いている。人の子は定められたとおりに、去っていく」と予言される。

ペテロは言った。

「主よ、わたしは獄にでも、また死に至るまでも、あなたとご一緒に行く覚悟です」

しかしイエスが捕らえられた時、ペテロはイエスを見捨てて逃げ去るのである。

鋼平は深く考え込みながら聖書から眼を上げた。

かつてはやはり、獄にでも、また死に至るまでも、イエスと一緒に行く覚悟のあった自分であった。どんなことがあっても主に従っていけると自負していた自分。それなのに、その信仰の、なんともろく、はかないことか……。

そこまで思い至ったとき、ペテロが自分の姿と重なった。鋼平はもう一度初めから二十二章を読み返してみた。すると、ある箇所に深く心が捉えられた。それは、自分を裏切ることを知っておられたイエスが、ペテロに言われたことばであった。

「わたしはあなたの信仰がなくならないように、あなたのために祈った。それで、あなたが立ち直ったときには、兄弟たちを力づけてやりなさい」

この言葉の意味を深く探っていくうちに、鋼平は理解したのである。

イエスは自分のためにも祈っていて下さるのだ。疑い、怒り、もう主を主とも呼べなくなってしまった自分。こんな自分のためにも、イエスは祈って下さるのだ――と。

涙でかすんだ眼の先に十字架にかかったイエスが見えた。鞭打たれ、唾をかけられ、手に杭を打ち込まれたイエス。血を流し、うなだれている姿が。本来なら磔にされるのは鋼平なのである。しかし神はひとり子を差し出されたのだ、鋼平の身代わりとして。

めくるめく光の洪水――圧倒的な神の愛を感じた。まるで大自然の中で太陽の光を全身に浴びているかのようだった。

このとき、牧師として生涯を生き抜こうと、鋼平は献身の思いを新たにしたのである。

しかし、これですべてが解決したというのではなかった。犯罪被害者の親としての、苦悩も痛みも、容易には取り去られることはなかった。足を失っても感覚が残るといわれるように、子供を亡くした悲しみや喪失感は、癒えることはなかったのである。

唯一の慰めは時間の経過であった。

こうして歳月が過ぎていった。

二十年という長いトンネルをくぐり抜けた鋼平は、痛みを抱えながらも人は生きていけるのだということを、身をもって知ったのである。

そんな中で、鋼平を支え続けたひとつのできごとがあった。

ある夜、夢の中に小枝が現れた。

「私はイエス様と一緒に天国にいるの。だから心配しないで、お父さん」

小枝は楽しそうに鋼平に笑いかけている。

辺りには花畑が一面に広がっていた。

「じゃあ、本当なんだね。小枝は天国にいるんだね」

嬉しさのあまり、鋼平は目の前の光景がほとんど信じられなかった。

「そうよ。ずっとここにいるの。お父さんがくるまで、待っているから。だからお父さんも、必ず天国に来てね」

「うん。必ず……」

鋼平は涙のたまった眼で頷いた。

辺りには赤トンボが飛び交っていた。

# 十五

年が明けた。

一月は行く、二月は逃げる、三月は去る、ということわざがある。その言葉通りに、新しい一年は始まるとともに、まるで車窓から見える風景のように、足早に過ぎ去っていった。

春が廻ってきた。

道明寺家の庭の雪柳が小花をつけた枝を弓なりに伸ばしている。花壇にはクロッカスやストックが咲き、沈丁花の甘い薫りが辺りに漂っていた。

萌乃香は絹代の書道教室で学びを続けていた。また教会へも続けて通っており、そのことを絹代は嬉しく思っていた。特に誰と親しくなるというのではなかったが、教室にも教会にもそれなりに打ち解けているようである。普段は物静かで受け身であったが、ときに萌乃香は別の一面を見せた。

たとえば教会で次のような出来事があった。

夫を難病で亡くし、その体験を本に書いて出版したという若い女性の講演会があった。その本はいわゆる闘病記ではなく、夫が亡くなったことに対するつらさや、神への不信に苦しんだ日々を綴ったもので、最後には彼女は信仰を取り戻す、という内容であった。

講演が終了した後は集会室で講師を交えての茶菓子タイムとなっていた。大かたの参加者はそちらへ移動したが、講師の女性は、「いいお話をありがとうございました」「感動しました」などと、言葉をかけてくる人たちに取り囲まれ、会堂に残っていた。

やがてその人たちは去り、ひとりの老婦人が残った。講師の女性がほほ笑みかけると、老婦人が言った。

「あなたなんかはね、幸せなのよ」

そのとき絹代は講壇のコップを片づけており、老婦人の言葉に驚いてふり向いた。

講師の女性は何を言われたのかわからなかったようだ。不審そうな表情で老婦人を見ている。

「三年一緒に暮らしたんでしょう。子供もいないんでしょう。私の夫なんか、結婚して一年で亡くなったのよ。乳飲み子を抱えて、どれほど大変だったか。でも私はあなたと違って神様にこれっぽっちも愚痴なんか言わなかったわよ。あなたは自分が一番つらい体験をしたなんて思ってるでしょうけど、大間違い。あなたなんかはね、幸せなのよ」

会堂の隅では立ち話をしている人がいたし、出入口付近はせわしく人々が行き来していた。だが、だれもこちらに気づいている様子はなかった。

「この世の中にはつらい思いをしている人がいっぱいいるのよ。でもみんなそれを隠して、耐えて生きているの。それが生きるってことなのよ。それを本なんかにして……」

講師の女性は泣きだしそうな顔になっている。絹代が止めようと近づいたとき、後ろから声がした。

「あなた、それでもクリスチャンですか」

振りむくと、萌乃香であった。泰然とした眼の中に、冷ややかに燃え上がった青い炎が見えた。

「この方が何をされたっていうんです。この方は自分の体験を本にされただけです。それをどうしてあなたにとやかく言われなくてはいけないんですか？　この方があなたに何か迷惑でもかけたんですか？　あなたは大変な苦労をされたかもしれないけど、それをこの方と比べるなんて間違っています。あなたの苦しみはあなたのものだし、この方の苦しみもこの方のものです。苦しみの大きさを比べることなんかできません。それにこの方が幸せかどうかなんて、大きなお世話だわ。それはこの方が決められることです。あなたからいわれるんじゃなくて。この方が自分で幸せだと感じ、そう受けとめられることです。そうじゃないんですか？」

老婦人はさすがにバツが悪そうに萌乃香から眼を逸らせた。絹代に会釈すると、無言のまま立ち去っていった。

萌乃香は不思議な女の子であった。

従順であるかと思えば、強情。大人しそうに見えるが、心の内には熱い血がたぎっており、真っすぐで、正義感が強い。

だが彼女を特徴づけている一番のものは、感受性の強さと繊細さだった。そのためだろうか、不安定感や揺らぎといったものが影のごとく内在しており、何かを抱えて苦しんでいるように感じられる。どこか謎めいていてとらえどころのない女の子だったが、生来の性質が素直で優しいというのは間違いなかった。長年書道教師をしている絹代には、字を見ればおのずとわかることがあるのである。

それにもうひとつ、絹代が見て間違いのないことがあった。それは萌乃香がリーチに恋をしている、ということであった。姿が見えなくとも花が薫りでその在りかを示すように、彼への恋心はどんなに隠していても彼女の全身から滲み出ていた。萌乃香の視線の先にはいつもリーチがいるのである。それは見ていていじらしいほどであった。

リーチはどうかと観察すると、十分脈がありそうである。それで絹代はひそかにキューピット役をかってでることにした。

「リーチ君、週に一度でいいから教室を手伝ってくれない？　ここのところ生徒さんが増えて手が回らないの」

幼い頃から道明寺家に出入りしていたリーチは、絹代からみっちり書道を仕込まれていた。その腕前は教室を開けるほどで、助っ人の要請も今回が初めてではなかった。

「いいよ。何曜日なの？」

「木曜日」

それは萌乃香の稽古日であった。

リーチが教室で教えると伝えると、萌乃香の顔は輝いた。

「お願いだから『先生』なんて呼ばないでやってね。リーチ君って照れ屋だから」

「はい」

こうしてリーチと萌乃香は、教会以外でも週に一度道明寺家で顔を合わせるようになったのである。

最初は互いに緊張しているようであったが、萌乃香の指導をリーチに任せると、まるで氷の上を滑ってでもいるかのような速さで上達していった。それとともに二人の仲も打ち解け、深まっていくようであった。絹代はそんな二人をほほえましく見守っていた。


リーチと萌乃香を見ていると、絹代は自分の娘時代を思い出すのであった。

それは今から五十年前、半世紀も昔のことだった。

特別伝道集会のポスターを見て、晴紀が初めて礼拝に出席したのは、教会の前庭のハナミズキが淡紅色に花開く季節であった。

その後、求道者となった晴紀は熱心に教会に通い続ける。青年会にも積極的に参加し、翌年のイースターに洗礼を受けた。

絹代と晴紀は青年会で一緒になり、ともに時を過ごすうちに惹かれ合うようになる。二人はやがて結婚の約束を交わす仲となった。が、婿をとることが定められていた絹代にとって、晴紀はふさわしい相手ではなかった。彼もまた長男であるために、跡取りの身の上だったからである。

絹代は道明寺家を捨て、晴紀についていく覚悟をした。しかし、晴紀がそれを制した。

「祈りましょう」

二人で心を合わせて祈っていくうちに、晴紀の母親がまず理解を示した。次男が跡を継ぐということで、ついには父親も折れ、紆余曲折の末に、結婚の許しがでた。そうなれば道明寺家に異存のありようはなかった。時間はかかったが最終的には、二人は周囲に祝福され、ひばりヶ丘教会で挙式をしたのである。

神の御前で結婚の誓いを果たしたこの時の感激は、絹代にとって生涯忘れられない出来事であった。

当時、道明寺家には絹代の両親のほかに祖父母と三人の妹が住んでいた。婿養子といっても、晴紀は会社勤めをそのまま続けることができたし、新婚の二人は中庭を隔てた離れの部屋で暮らしたので、家族への気兼ねもいらなかった。さしたる問題も起こらず、晴紀は道明寺家の暮らしに馴染んでいったのである。

その後十年の間に、三人の妹たちはそれぞれに嫁いで家を出、また祖父母は他界して、道明寺家は絹代夫婦とその両親の四人家族となった。表向きは穏やかに暮らしていたのだが、内実には大きな問題を抱えていた。妹たちには嫁ぎ先で次々と子供が産まれているというのに、絹代は三十代半ばになってもその気配がなかったのである。

不妊治療などのない時代のことである。跡取りの責任は重大で、絹代は思い悩んだ。真面目で生一本な晴紀も思いは同じで、婿養子である分、その悩みは深いようであった。二人は心を合わせて「子供を授けてください」と、毎日神に祈った。しかし切実なこの祈りは、いつまでたっても叶えられることがなかった。

そんな背景の中で、あの出来事が起こったのである。

そのとき絹代は三十八であった。もう若いとはいえないが、箱入り娘で育った絹代は、世の中の事情に疎かった。駆け引きや企みといったものにも通じていず、何より夫の晴紀を信じきっていた。

晴紀はそれまでも仕事で家を空けることが多かった。数日の出張のつもりが、仕事の都合でそれが一週間や十日に及ぶことがあり、数ヵ月の単身赴任というのもめずらしくなかった。だから出張した夫が七日経って帰宅しなくとも、絹代は何の疑いも持たなかった。ただ今回は、家を出てから一本の電話もないことが、気にはかかっていたのだが……。

晴紀が出張して八日目のことである。

絹代は父と母に呼ばれて茶の間に行った。うららかな午後であった。縁側には春の陽が降り注ぎ、庭のサンザシが白い花を咲かせていた。

茶の間に入っていくと、父母が改まった様子で座卓の前に並んで座っていた。父の顔に表情はなく、母は沈痛な面持ちで座卓の一輪挿しを見つめている。部屋の空気に常にない不吉さを感じ、絹代は黙って二人の前に正座した。

「心を落ち着けて聞くように」

父がそう前置きをしてから言った。

「晴紀君は道明寺家から籍を抜くことにした」

庭で鶯の鳴き声がした。

絹代は言葉の意味がわからず、父を見つめた。

口を一文字に結んでいた父は、覚悟を決めたように語り始めた。

晴紀には愛人がいたのである。その愛人が妊娠し、責任を取りたいというので、離縁を決めた。ひとくちでいうと、そういうことであった。話の内容の重さと不釣り合いなほど、父の説明は簡単で、口調も素っ気なかった。そのことがかえって父の苦悩の深さを浮き彫りにしていた。

「それだけの男だったのだ。晴紀君のことは忘れなさい」

すべては絹代のあずかり知らないところで話し合われ、決定されていた。父が座卓に取り出した離婚届けには、晴紀の署名と捺印がしてあった。

絹代が受けた衝撃は計り知れないものだった。夫が自分を裏切ったという事実が、絹代にはどうしても信じられなかった。考えても、考えても、納得がいかない。どうしても本当のこととは思えないのである。しかし離婚届けに記された文字は、たしかに晴紀のものであった。

離婚の申し出は絹代の父母にとっても唐突だった。家を出る前に晴紀は父母宛てに置き手紙を残していた。その中に署名捺印した離婚届けが入っており、そうなって初めて、二人は事の次第を知ったのである。手紙には詳しいことは何も述べられていなかった。

まさに青天の霹靂であった。

仰天した父母はすぐに晴紀に連絡を取ろうとした。しかし会社に連絡をしてみると、驚いたことに晴紀は先月付けで退職していたのである。このときになって初めて、二人は晴紀の覚悟の確かさを知った。このたびの行いは計画的であり、晴紀は道明寺家に戻る意思がない、と悟ったのであった。

それでも父母は決然と、ありとあらゆるところに手を尽くし、最終的には晴紀の居所をつきとめた。しかし話し合いの場に来たのは晴紀ではなく、彼の弁護士であった。どんなに懇願しても、怒っても、脅しても、晴紀は最後まで一度も父母の前に姿を現さなかったのである。

父母は肚を決め、こちらから絶縁状をつきつけた。

しかし絹代にどう伝えるべきか。二人は何日も思い悩んだ。夫を信じきっている娘があまりに不憫であった。絹代を傷つけないようにと、いろいろと策を練ってみたが、作り話などで取り繕うことができるような問題ではなかった。できることならこのまま出張ということにしておきたかったが、いつまでも隠し通せるものでもない。万策尽き果て、結局正直に打ち明けることにした。

これが絹代がこのことを知るに至った経緯であった。

世間体を重んじる道明寺家では、晴紀は単身赴任中ということで、この後もずっと押し通した。真相を報せたのは、ただ一人、ひばりヶ丘教会の牧師のみであった。真面目で模範的なクリスチャンだった晴紀を疑う者は誰もなかった。詮索好きな人たちの間で晴紀の噂が口の端にのぼるようになったのは、ずっと後――牧師交替の後のことであった。

しかし道明寺家ではそういうわけにはいかなかった。

絹代の父母は決して晴紀を赦さなかった。ただ裏切られたというだけでなく、晴紀が犯したことは神への冒瀆であり、背信であった。しかもこれほどの大罪を犯していながら、置き手紙に記されていたわずかの謝罪の言葉以外、その後いっさいの詫びもなく、一本の電話、一通の手紙さえなかったのである。そんな晴紀の態度に父母は怒りを燃やし続けた。信じていた者に裏切られた心の傷は、二人が亡くなるまで、癒えることがなかったのである。

思いは絹代も同じであった。これが悪い夢でも冗談でもなく、間違いなく現実のことである、と認識してからは、衝撃のあまり床に就いてしまった。まるで深い井戸に何の前触れもなく投げ入れられたかのようであった。突然に訪れた暗黒と冷たさの中で、絹代は言葉を失った。

晴紀を恨み、愛人を嫉み、悔しさに眠られぬ夜を過ごした。夫の変化に気づかなかった自分を責め、自身の鈍さを呪い、その愚かさに歯ぎしりした。父母を哀れみ、我が身を嘆き、瞼が腫れるまでに夜を泣き明かした。

いつからなのだろう？

どうしてなのだろう？

哀しいかな、こうとなっても絹代には、思い当たることが何一つ見当らなかったのである。婿養子というのが重荷だったのだろうか？　妻の私に不満があったのだろうか？　相手の女性がそれほど魅力的だったのだろうか？

どうしてわからなかったのだろう？　なぜ夫の不貞を見抜くことができなかったのだろう？

しかし絹代が一番わからなかったのは、晴紀が「結婚の誓い」を自ら破ったということであった。

不満があるならそれをそのままぶつけてくれればよかったのだ。愛人ができたらそのことを正直に打ち明けてくれればよかった。どんなに傷ついても、問題が大きくても、二人で立ち向かい、乗り越えていく。それが夫婦というものではないか。神の御前で結婚の誓いをした二人の、有るべき姿ではないだろうか。

それなのに……。

あのときの誓いは何だったのだろう？　いったいどうしてこんなことが起こってしまったのだろう？

答えのわからない問いに、絹代は苦しみ続けた。

考えても、考えても、わからなかった。どうしても合点がいかない。夫婦仲はうまくいっていたのだ――いまでも絹代はそう信じていた。晴紀は心優しく、正義感の強い人間であった。そんな晴紀が妻を裏切るなど考えられない。それは彼にふさわしいことではなかった。およそ彼らしくないことなのであった。

それに何よりも、晴紀が熱心な信仰者だったことを思うと、納得できなかった。彼は何よりも神の御心を重んじる、純粋な信仰心の持ち主であった。彼は心から神を愛していた。あれほど真っすぐだった晴紀の信仰。彼が神を裏切るなど、あの頃の彼を知る者にとっては、想像すらできないことであった。

しかし、真っすぐだからこそ、ぽっきりと折れてしまったのだ。

そう思い至るようになったのは、晴紀が家を出ていって、十年以上も経った後であった。

おそらく晴紀は自分がしでかしたことに自分が一番びっくりしたのではないだろうか？　まさか自分にこんな弱さがあるとは知らなかった。これほどの大罪を犯すなどとは、夢にも思っていなかった。人は誰でも弱さを持っている。その弱さを認めて、受け入れ、立ち直っていく。人の一生は大なり小なり、このことの繰り返しなのだが、晴紀はあまりに優等生であったために、信仰的挫折に耐えられなかった。そのために自分で自分に決着をつけてしまった。イエスを裏切ったユダのごとくに。

そうではないのだろうか？

絹代はいつしかそう考えるようになっていた。

晴紀は自分を赦せなかったのだ。だからもう道明寺家にふさわしくないと考えた。愛人がいたというのも、あきらめさせようとしての嘘だったのかもしれない。それはもしかしたら一度かぎりのあやまちで、妊娠を告げられた晴紀は、絶望し、自分で自分に裁きをくだした。

あやまらない。ひとことの詫びの手紙もないというのも、かえって晴紀の苦しみの深さを表しているのかもしれない。あやまる言葉が見つからない。きっと合わせる顔がないのだ。

それとも、どこまでも悪者になって、憎まれることで一生の償いとしよう、と、そう決意したのか。

真実はわからなかった。

あるいはそうであってほしいと願う思い。いくつになっても変わらない、娘のような絹代の心がそう想像させているのかもしれなかった。

でも、それでもよかった。神に与えられた一度かぎりの生なのだ。恨んだりひがんだりして生きていくより、人の弱さを思いやって、安らかな心で、生きていきたかった。もう十分苦しんだのだ。夫の苦しみはおそらく私以上だっただろう。

夫を赦そう。

そう決めてからは心が軽くなった。

この長い苦しみの歳月に、絹代の支えとなったのは「書」であった。どんなに苦しくとも、筆をとっていると不思議に心が落ち着いてきた。字を書いていれば、心が澄んでくるのである。絹代は「書」を愛した。ひとり机に向かっていると、まるで月の光を浴びているかのような清明な気持ちになれるのだった。

だが、毎年教会の前庭のハナミズキが淡紅色に花開く頃になると、晴紀と初めて出会った日がよみがえってきた。そして結婚式での誓いの感激が、思い出されてくるのであった。

## 十六

春が去り、やがて訪れた紫陽花の季節も終わった。

朝顔の蔓が勢いよく伸びて、民家のフェンスに赤や青紫の花を咲かせている。湿気と傘から解放された人々は、半袖姿となって街を闊歩していた。商店の軒先では風鈴が揺れ、初夏の風がさわやかに川辺を渡っている。

土曜日の午後であった。ひばりヶ丘教会では翌日の礼拝の準備のための奉仕者の姿がここかしこで見かけられた。会堂の整理整頓、掃除、生け花。週報作成、録音準備。台所では昼食作りをしている人たちのお喋りが聞こえている。奏楽の練習のオルガンの音が通りにまで流れていた。

教会の敷地には会堂の右隣に牧師館、左隣は園庭をはさんで幼稚園の園舎が縦長に建っていた。園舎の先の洋館は宣教師館で、以前は六人の宣教師一家が暮らしたこともあるその大きな館には、いまはジェラルド・フレミングというアメリカ人の宣教師が一人で住んでいた。彼は三十代半ばで独身。ユーモアにとんだ気さくな人柄で、ジェリー先生と呼ばれて皆から慕われていた。

「英語の勉強会に来ませんか?」

こう言って、リーチが以前電話で萌乃香を誘ったのは、このジェリー先生のところで行なわれている勉強会のことだったのである。

「エサに釣られて信者になるなんて思わないでください。そういうやり方って卑怯だと思います。私は宗教にはまったく興味がありませんから」

このときの自分の言動を思い出すと、萌乃香はいつも恥ずかしさで消えてしまいたくなるのであった。ずっとリーチにあやまりたいと思っていたのだが、ついにその機会が訪れた。ジェリー先生から直接勉強会に誘われたので、そのことを書道の稽古の後でリーチに伝えた折り、道明寺家の玄関先で、思い切って切り出したのである。

「あの……あのときはごめんなさい。ずっと前、電話で誘ってくださったとき、ひどいこと言っちゃって……」

「エサに釣られて信者になるなんて思わないでください」

「覚えてるの!」

「強烈だったからね」

萌乃香が顔を赤くしてうつむくと、リーチは言った。

「ジェリー先生って、両親も宣教師でね、先生は日本で生まれて日本で育ったんだ。初めてアメリカに行ったのは七歳のとき。そのときの感想が傑作なんだよ。空港に降りて、先生は一番に思ったんだって。『わあ、外人がいっぱい』」

萌乃香は吹き出してしまった。白人で金髪の巻き毛に青い眼のジェリー先生。彼こそは「外人」の典型だったからである。

「ジェリー先生のこと、ぼくは大好きなんだ」

「私も大好きです」

二人は顔を見合わせて笑った。

「大丈夫。先生は信仰を強制したりしないよ。たしかに英語の勉強会は伝道の一環として行なわれているんだけど、先生は純粋に、英語を学びたいと思っている人に貢献したいとも願っているんだ。それにジェリー先生といると楽しいよ。クッキーもコーヒーもおいしいし」

「今度はクッキーとコーヒーで釣るんですか?」

言ってしまってから萌乃香は後悔した。

せっかくいい雰囲気になったのに。やっとあやまることができたのに。どうして素直になれないんだろう? こんな憎まれ口を、なぜたたいてしまうの?

でもリーチは優しく応えてくれた。

「とりあえず、あさっておいでよ」

リーチを見上げた萌乃香の声は、クリスマスの鈴の音のように弾んでいた。

「はい！」

今日はその土曜日なのであった。

園庭を渡って園舎の先の宣教師館を初めて訪れた萌乃香は、年代ものの家具の置かれた広い客間で、緊張しながらも充実したときを過ごしていた。

その日の出席者は、社会人と大学生と主婦など――合わせて十二名だった。大半が教会で見知った人たちで、みんなが萌乃香の参加を歓迎してくれた。

オリジナルのテキストを使って行なう学びは、意外に高度な内容だった。が、もともと英語が好きで、ラジオの英語講座などを熱心に聞いている萌乃香にとってはやりがいのあるものであった。

「綺麗な発音ね」

主婦の一人が萌乃香を誉めてくれた。

勉強会が終わると、すぐに帰っていく人もいたが、コーヒーを飲みながら残っている人たちが大半だった。萌乃香も残りたいと思ったが、初めてなので遠慮した。

「お先に失礼します」と、会釈をして客間を出ていこうとすると、ジェリー先生とリーチが玄関まで見送ってくれた。

「今日はよく来てくださいました」

笑顔のジェリー先生が萌乃香に握手をして言うと、リーチも手を差し出した。

「今日はありがとう。また明日」

「また明日」

萌乃香はリーチの手をそっと握った。


門のところで牧師夫人に会った。

会釈をして通り過ぎようとすると、思いがけず声をかけられた。

「ご苦労さまでした」

何と応えていいのかわからず、萌乃香は「こんにちは」と挨拶した。

「礼拝の準備の奉仕にいらっしゃったのですか？」

「ジェリー先生に誘われて、英語の勉強会に出席してたんです」

「そうでしたか」夫人は優しくほほ笑んだ。「ジェリー先生って楽しい方でしょう」

「はい」

「勉強会はいかがでした？」

「今日が初めての出席だったんですけど、思っていたよりレベルが高くて、ついていくのがやっとでした」

「集っている方は英語の教師や留学経験のある方が多いらしいですね」

「そうなんですか……」

そうとは知らなかったので、萌乃香は少し驚いた。

「でもみなさん、いい方ばかりでしょう」

「はい。みなさんの足を引っ張らないように、頑張ってこれからも出席したいと思っています」

「頑張り屋さんなのね」

いつくしみをこめた眼で、夫人は萌乃香を見た。

「道明寺さんから聞いていています。青木さんの字の上達ぶりにはいつも驚かされるって。何にでも一生懸命になれるって素晴らしいことですね。その調子で頑張ってくださいね」

「ありがとうございます」

「じゃあ、また明日」

「失礼します」

会釈をすると、萌乃香は足早に立ち去っていった。

## 十七

浴室の出窓に並べた蠟燭の火を、浴槽の中で萌乃香はぼんやりと見ていた。

「今日はありがとう。また明日」

リーチと握手したときの感触がまだ右手に残っていた。大きくて、ひんやりとした手だった。

心の温かな人は手が冷たいというが、そうなのかもしれない。ジェリー先生の手も北欧の空気みたいに冷たかったもの。

「じゃあ、また明日」

直子先生もリーチと同じことを別れ際に言った。

――また明日。

二人とも私が明日の日曜日に教会に来ると信じてうたがわないのだ。

もちろん私は教会へ行く。

でも、どうして？

浴槽の湯をすくいあげ、萌乃香は両手で強くそれを顔に叩きつけた――まるで自分を罰するかのように。そして、ほかの人はどうして教会へ行くのだろう？　と考えた。

おそらく、救いや、安らぎや、義《ただ》しさを求めて。

それなのに私はリーチに会いたくて教会へ行くのだ。

私の動機はなんて不純なんだろう。

なんて私は教会にふさわしくないのだろう。

「頑張り屋さんなのね」

直子先生はそういって私を誉めてくれた。

違う！　違う！

消えてしまいたかった。英語も書道もリーチがいるから頑張れる。私が一生懸命になれるのは、ただリーチを見ていたいから。彼のそばにいたいから。

それだけなのだ。

いつまでこんな日々が続くのだろう？

いつまでこんな不埒が許されるのだろう？

リーチと握手したり、直子先生に誉められたり、そんなことは間違っている。そんな資格は私にはないのだ。

だって……。

蠟燭を見つめていると、炎の中から菜々美が現われてきた。


菜々美は小学四年生のとき、クラスでイジメにあっていた女の子だった。上履きを隠されたり、体操服を汚されたり、机に落書をされたり。給食に泥を入れられたこともある。やっている子たちが恐くて、みんな見て見ぬふりをしていた。萌乃香もその中の一人だった。

ある日、学校の帰り道、萌乃香は菜々美を家の近所の公園で見かけた。菜々美の帰り道はこの方角ではないので、それは思いがけないことだった。

夾竹桃《きょうちくとう》の樹の下で、菜々美はうつむいてブランコに座っていた。ランドセルを背負った肩がふるえている。道草は禁じられていたが、萌乃香は思い切って公園に入っていった。菜々美の姿があまりに痛々しくて、放っておけなかったのだ。

「ここ、座ってもいい？」

萌乃香が隣のブランコを指差して訊ねると、菜々美は驚いたように涙に濡れた顔を上げた。

「うん」

それから日暮れまで、萌乃香は菜々美と一緒にときを過ごした。ブランコ。すべり台。鬼ごっこ。二人は意外に気が合って、遊び始めるとどこまでもはずみがついた。まるで以前からの親友のようだった。「菜々美ちゃん」「萌乃香ちゃん」と呼び合い、追いかけたり、捕まえたり、隠れたりして、子猫のように戯れあった。

菜々美は毛糸で作ったあや取りの糸を持っていて、箒や橋を作って見せてくれた。また両手の指に糸を取って、形を変えながら二人でそれを取り合っていく遊び方を教えてくれた。うまく取れると二人は顔を見合わせて笑った。それはとても楽しいひとときだった。

「また遊ぼうね」

帰りぎわ、萌乃香が言うと、菜々美は嬉しそうに頷いた。

「うん」

何度も振り向きながら遠ざかっていく菜々美の姿を、夕陽が茜色に染めていた。

次の日、学校へ行ってみると、クラスの子の様子が変だった。呼んでも誰も返事をしてくれない。話しかけても知らないふりをされる。昨日まで親しくしていた友だちも、みんなが萌乃香を避けるのだ。最初はどうしてなのかわからなかった。が、すぐに、菜々美と遊んだことが知れたからなのだ、と思い当った。

その日以来、クラスメイトは萌乃香を無視し続けた。挨拶をしても応えない。近づくと遠くへ逃げる。それは明らかなイジメであった。身をもって初めて萌乃香は知ったのだったが、そうされるのは、ひどくつらいことだった。

だから萌乃香は菜々美を避けた。

もともと仲が良いというわけではなかったし、菜々美は自分から近づいてくるような子ではなかったので、それは難しいことではなかった。菜々美を裏切っているように感じて罪の意識を覚えたが、自分を守るためには、仕方がなかった。

それから後も、近所の公園で菜々美の姿を見かけることがあった。けれど見ないふりをして、萌乃香は逃げるようにそこを行き過ぎていった。たとえどれほど菜々美が寂しげにうつむいてブランコに座っていても。まるで萌乃香を待ってでもいるように、陽が落ちた後もひとりぼっちでそこに居続けていても――。

するとまもなく萌乃香へのイジメはやんだ。クラスは菜々美だけがいじめられている元の日常に戻った。しかしその「日常」は、その後萌乃香の中で延々と繰り返される「非日常」の序曲に過ぎなかったのである。

青空に綿雲がのどかに浮かんだ秋の日に、あの出来事は起こった。

それは萌乃香が家で留守番をしていたときのことだった。

二階の窓辺の花に水をやっていた萌乃香は、水差しを持つ手を止めた。家の前に菜々美が立っていたからである。

何の用なのだろう？　どうして家がわかったのだろう？

萌乃香はにわかに不安になってきた。

菜々美はためらった様子で門の前に一人で佇んでいた。門のチャイムを押そうか押すまいか、ひどく迷っているようだった。

こんなところをクラスの子に見られたらどうしよう。

萌乃香の胸の中の不安は、黒いアメーバーのように見る見る増大していった。

もし見つかったら、なんて告げ口されるかわからない。口をきいてもらえなくなるかもしれない。話しかけても無視されるかもしれない。そばに行こうとすると避けられるかもしれない。

またつらい毎日を送ることになる。

それだけは、絶対に、厭だった。

「お願い……」

心の中で萌乃香は叫んでいた。

「チャイムを押さないで！」

しかし、しばらくすると、無情にもチャイムは鳴った。

萌乃香は階下へ降りていかなかった。

もう一度チャイムが鳴った。

萌乃香はやはりそのままでいた。

まるで足が接着剤で床に固定されたかのようだった。こわばった顔で萌乃香はその場に立ち尽くしていた。

チャイムは鳴り続けた。

三度。四度……。

すると思いがけないことが起こった。チャイムから指を離した菜々美が、ふいに二階を見上げたのである。隠れる暇などありはしなかった。萌乃香は菜々美にまともに姿を見られてしまったのである。

萌乃香と菜々美の眼が合った。

その瞬間だった。萌乃香は自分が機械になってしまったように感じたのである。

感情を持たない鉄の塊。

それなのにその眼には、唯一、恐怖という感情がたたえられている。

そんな萌乃香を見て、菜々美はすべてを悟ったようだった。

チャイムからゆっくりと指を下ろすと、放心したように門から立ち去っていった。

やわらかな秋の陽が、小さくなっていく菜々美の後ろ姿を照らしていた。


菜々美はその夜、校舎の屋上から飛び降りて死んだ。そのことをクラスメイトが知らされたのは翌日であった。遺書がなかったので、原因は不明とされた。

しかし萌乃香は「原因は私にある」と思い込み、そう信じてうたがわなかった。

あのとき、どうして階下に降りていかなかったのだろう？

萌乃香は自分を責め続けた。

どうして玄関の戸を開けなかったのだろう？　どうして家に入れてあげなかったのだろう？

せめて、あとを追いかけていれば。どこに行ったか探していれば……。

しかし、どんなに自分を責めても、悔やんでみても、すべてはもう手遅れであった。

あのとき私に勇気があれば。少しでも菜々美ちゃんの身になってあげられていたら。いじめられるのがどんなにつらいか、私は知っていたはずなのに……。

私が菜々美ちゃんを殺した。

私は人殺しなんだ。

わずか九歳の身に、衝撃的な形で植えつけられた罪意識は、その後の萌乃香の生き方を方向づける、決定的なものとなってしまったのである。

私は決して赦されない。赦されてはならないのだ——と。


浴槽の中で、蠟燭に向かって萌乃香は話しかけた。

「菜々美ちゃん、今ならぜったい菜々美ちゃんをひとりぼっちになんかしない。いつでもそばにいてあげる。どこにも一緒に行ってあげる。私が菜々美ちゃんを守ってあげるの」

するど炎の中の菜々美が嬉しそうにほほ笑んだ。それは公園で一緒に遊んだときの晴れやかな笑顔そのままであった。

「ごめんなさい……」
萌乃香は声を殺して泣き始めた。

## 十八

小川の小道沿いに、太陽の光を浴びて真っすぐに立ち並んでいた向日葵も、夏が終わりに近づくにつれて、首はうな垂れ、花びらも萎れ、茎が枯れ始めた。代わりに小道沿いには、野菊や女郎花《おみなえし》や彼岸花の姿が見られるようになった。

道明寺家の庭にも秋は訪れていた。

柿の実は色づいていたし、冬珊瑚もつやつやとしたブローチのような実をつけている。白萩はたわわに枝を垂れ、紅やピンクのコスモスが風にゆれていた。

花壇には、桔梗、撫子、紫苑、孔雀草、友禅菊がとりどりに咲いている。プランターには燃えるようなサルビア。鉢のサフランは花開き、大鉢の月下美人は月を待っていた。垣根には硬い莟をつけた山茶花。その間からは秋明菊が清楚な姿をのぞかせている。辺りには金木犀の甘い薫りが漂っていた。

絹代は縁側で庭を眺めながら萌乃香のことを考えていた。

夏休みに帰省して、盆過ぎにこちらに戻ってきた辺りから、萌乃香は様子が変だった。いつもとどこが違うというわけではない。教会へも教室にも変わらず通い続けているし、夏の初めから行き始めたジェリー先生の英語の勉強会にも、休まず出席しているようだ。

でも、萌乃香の中に影のごとくに内在している不安定感や揺らぎといったものが、強まっている。何かを抱えて苦しんでいるようだったが、その苦しみが大きくなっている——そう感じられてならなかったのである。

気がかりなことはほかにもあった。

リーチとの仲がちっとも進展しないのだ。せっかくキューピット役をかってでて、ひそかに応援しているというのに、二人はいまだデートにもこぎつけていない。原因は奥手なリーチの方にあると思っていたのだが、そうではないらしかった。

「ぼく、青木さんに嫌われてるのかな」

あるときリーチがぽつりと言った。

「そんなことないわよ」

絹代は笑いとばしたが、リーチの表情は冴えなかった。

「そうかなあ。いつまでたっても距離感がつかめないっていうか。ここんところ特に、バリアーはられてる感じだし」

「乙女心は複雑なのよ。でも私の見るかぎり、青木さんがリーチ君を嫌っているなんてありえない。その反対だと思うわよ」

「まさか……」

うたがわしげなリーチの表情に、絹代は思い切って直球をぶつけてみた。

「リーチ君は青木さんのことどう思ってるの？」

「どうって？」

「好きなんでしょう？」

不意をつかれたリーチは息を呑み、ついで絹代から微妙に眼を逸らして答えた。

「ノーコメント」

絹代は吹き出してしまった。シャイなリーチらしい。これでは「好き」と言っているのと同じである。

リーチがあまりに照れくさそうにしているので、絹代は話題を変えた。

「ずっと前から感じているんだけど、もしかしたら青木さんは、悩みというか、何か問題を抱えているんじゃないかしら」

「キンちゃんもそう思う？　実はぼくもそれを感じてたんだ。彼女の中には何かある。それは何かとても暗くて切実なもので、彼女はそのことで苦しんでいる。だからこのまま放っておいてはいけないって、あのとき、そう思ったんだ」

「あのときって、いつ？」

「合コンで出会ったとき」

リーチとのこんな会話を思い出していたちょうどそのときだった。垣根の向こうから「こんにちは」と、萌乃香の声が聞こえてきた。

「虹屋の帰りなんです」

庭先に姿を現した萌乃香はスーパーの下げ袋を手にしていた。

「大学はお休みなの？」

「今日は開校記念日なんです」

絹代は立ち上がった。

「よかったらお上がんなさいよ。ちょうどお茶にしようと思っていたの」

十九

開け放した窓からは、秋の澄んだ空が見えていた。鱗雲が光を受けてきらきらと輝いている。赤トンボが飛び交い、庭に訪れたヒヨドリが花の蜜をついばんでいた。

縁側に続く茶の間で外の景色を楽しみながら、絹代と萌乃香は座卓に向かい合っていた。

「青木さん、ここんところ元気がないみたいだけど、何か悩みごとでもあるの？」

雑談の途中、何気ないふうに絹代は訊ねてみた。

「そんなふうに見えますか？　いえ、ぜんぜん。悩みなんてありません」

「だったらいいんだけど。教会へ通い始めてそろそろ十ヵ月よね。どこの世界にも人間関係のむつかしさというのはあるでしょう。もしかしたら教会でイヤなことでもあったんじゃないかって、リーチ君も心配してるの」

リーチの名が出て、萌乃香は一瞬顔をこわばらせたが、すぐにもとの笑顔に戻って言った。

「そういうことは本当にぜんぜんありません。みなさんいい方ばかりで、教会ではいつも気持ち良く過ごしています。ただ……皆川さんには、正直いってときどきカチンときますけど」

皆川さんとは――夫を難病で失った体験記を本にした女性に向かって、「あなたなんか幸せなのよ」と諭し、萌乃香に諌《いさ》められた、あの老婦人であった。

「あれ以来、明らかに私を避けておられるんです。私、嫌われちゃったみたいです。意地悪されたこともあるんですよ。イースターのとき、皆川さんが卵を配る係りだったでしょう。でも、『あなたのぶんはありませんよ』って、私には卵をくださらなかったんです。びっくりしました」

それを聞いた絹代は、まるでイースターエッグをもらえなかったことが自分の責任ででもあるかのように、顔を曇らせた。

「それは申し訳ないことをしたわ。ごめんなさいね。初めてのイースターだったのに」

「こんなことくらい平気です。それに私ってけっこう打たれ強いんです。イヤなことがあったり、落ち込んだりすると、自分で自分を励ますんですよ。『くよくよしないで、さあ、元気を出しましょう』って」

絹代はいとおしむような眼差しで萌乃香を見つめた。苦しかった年月、絹代も似たようなことをして自分を励ましてきた経験があったからである。

「でも私……わからないんです」

庭の白萩を見つめて、萌乃香は問いかけるように言葉を続けた。

「皆川さんは若いときに洗礼を受けられて、信仰生活も長い方なんでしょう。それがどうしてあんなふうなんでしょう」

白萩に視線を移した絹代が、ため息をついて答えた。

「たぶん、自分が傷を受けたことを認めておられないんでしょうね。神様に『これっぽっちも愚痴を言わなかった』って言われるけど、それがあの方の誇りなのね、きっと。これほどの試練を与えられても、愚痴を言わずに受け入れた。その誇りに支えられて、あの方はこれまで生きてこられたのよ。だからそれ以外の生き方をしている人には、攻撃的になってしまう。自分の生き方を否定されているように感じて許せない。自分の価値観がゆさぶられるようで、恐くなるんでしょうね、おそらく。――気の毒な方だと思うわ」

「でも皆川さんはある意味では正しかったんじゃないんですか？　試練が起きたときに、神様に愚痴を言わなかったというのは、信仰者として立派なことじゃないんですか？」

「私たちは神様の前に優等生になる必要はちっともないのよ。それに皆川さんが本当に正しいことをしたのなら、いまみたいな彼女にはなっていなかったんじゃないかしら。たぶん、あの方は神様に愚痴を言えばよかったんだわ。愚痴どころか、神様に怒り、神様をなじり、神様に反抗するべきだったのよ。それなのにあの方は、歯をくいしばってがんばってしまった。自分の本当の感情を偽り、そして、そうすることのできた自分を誇ってしまった。ここにあの方の問題がある。そんな気がするわ」

萌乃香が驚いたように訊ねてきた。

「感情を偽るのは悪いことなんですか？」

「もちろん、そうでもしなければ、やり過ごせない、生きられないという場合は、たしかにあるわ。でもそれは一時的なこと。手術のときの麻酔みたいなものよ。いつまでも眠っているわけにはいかないでしょう。いつかは痛みと向き合って、立ち向かっていかなくてはならない。それがどんなにつらくても。どれほど受け入れがたいことであってもね」

陽の射した縁側を見つめて、萌乃香は深く何かを考えているようであった。

そんな萌乃香を見ているうちに、ふいに絹代は決心したのである。それは自分でも思いがけないことであった。が、その決心をいま実行しなければならないことは、わかっていた。

姿勢を正して、絹代は語り始めた。

「私の夫だった人はね、結婚して十年以上も経ってから、よそに子供ができて、家を出ていってしまったの。もうずいぶん昔の話だけれど。夫を赦せなくて、苦しかったわ。夫は婿養子だったのよ。私の父母はとても傷ついて、家の体面を保つ必要もあって、そのことを誰にも言わなかったの。でも当時の牧師先生にだけは打ち明けたから、私はつらくなると、先生のところによく泣きに行ったものよ。優しい先生でね。私を慰めてくださって、別れ際にいつもこう言われたの。『祈っていますよ』って。つらい毎日だったけど、先生が祈っていてくださると思うと、励まされたわ。誰かが私のために祈ってくれている。それだけで、とても勇気づけられたの。——私がどうしてこんな話をしたかわかる？　リーチ君があなたのことを心配して、あなたのために祈っているからなの。このときの牧師先生みたいにね。――これから話すことは、今は教会でも、古くからいる人しか知らないんだけど、あなたには伝えておいた方がいいと思うので、お話しするわね」

絹代はこう前置きをして、小枝の事件を語り始めた。

太陽が傾いていく。それにつれて縁側に射していた陽も移動していった。

萌乃香は息をするのも忘れたかのように、真剣な面持ちで聞き入っている。そのうちに陽は沈み、縁側はすべて陰となった。

「亡くなったとき、小枝ちゃんは九歳。小学四年生だったの。リーチ君はそのとき赤ちゃんだったから、事件の記憶はないはずだけど、でもおそらく、ご両親の深い苦しみを感じ取りながら成長していったのね。だからかしら、彼は苦しんでいる人にとても敏感なのよ。リーチ君、言ってたわ。あなたに初めて会ったとき、あなたが何かに苦しんでいることがわかったって」

萌乃香の両目に見る見る涙がわきあがってきた。

その顔をあげて、「私……」と言ったが、それが精一杯だった。両手で顔を覆うと、泣き崩れてしまった。

「話さなくていいのよ。大丈夫。何かを知りたいと思ってるわけじゃないの。本当の苦しみやつらさは、簡単に言葉にできるものじゃないということは、私にもわかっているつもりよ」

絹代は優しく言った。

「ただリーチ君があなたのことを心配して、あなたのために祈っているということ。このことを伝えておきたかったの。リーチ君はあなたを好きなのよ。忘れないでね。あなたはリーチ君にとって、とても大切な人なのよ」

## 二十

萌乃香は宙を彷徨していた。

たしかにどこかにいる。どこかの道を歩いているのだが、歩いているという自覚がまるでなかった。心も身体も宙ぶらりになっていて、思考も停止している。絹代の家を出たのがいつだったのかも覚えていない。時間の観念が消え失せ、感覚も麻痺していた。ただひたすら萌乃香は歩き続けていた。声なき声に導かれているかのように——。

辺りは暗くなっていた。やがて雨が降ってきて、萌乃香の全身を濡らした。が、それも今の萌乃香にとっては、取るに足りないことだった。

萌乃香は歩き続けた。冷え冷えとした夜道を、雨でずぶ濡れになりながら。

車のライトに照らされて、気がつくと、ひばりヶ丘教会の前に立っていた。

牧師館の明かりは点いていたが、教会は真っ暗だった。萌乃香は教会へ入っていった。

静寂に包まれた会堂には雨の音が響いていた。

まるで暗い深海に入り込んだかのようだった。中央の通路を通って講壇の前にたどり着くと、力尽きたように床に座りこんだ。雨に濡れた身体が熱っぽく、唇は色を失っていたが、自分ではそのことに気がつかなかった。

思考は未だ止まったままだった。絹代の言葉が、空に浮かぶ雲のように漂いながら頭の中を通り過ぎていく。

――高柳先生ご夫妻は子供さんを亡くされたの。

――リーチ君のお姉さんにあたるお子さんよ。

――名前は小枝ちゃん。

――小枝ちゃんはある凶悪な事件の犠牲になったの。

――それは山陰の小さな街で起こったのよ。

――雪が積もった十二月に……。

次の言葉の、何かがひっかかった。

――亡くなったとき、小枝ちゃんは九歳。小学四年生だったの。

小学四年生?

まるで車のギアを入れ替えたかのようだった。

突然、思考が動き始めた。

小枝ちゃんは四年生のときに事件に遭った? 菜々美ちゃんと同じ学年。

じゃあ、小枝ちゃんは菜々美ちゃんと同じ歳で亡くなったんだわ。

わずか九歳で小枝ちゃんは凶悪な事件の犠牲となった。犯人に残忍無慈悲に殺害された。「頑張り屋さんなのね」と言って、私を誉めてくれた優しい直子先生は、九歳の子供を失ってしまった。親としてもっとも残酷な形で――。

菜々美の姿が浮かんできて、会ったことのない小枝と重なった。するとまるで記録映画を観ているかのように、そのときの映像がイメージとなって浮かんできた。

十二月の山陰の街。空は暗黒色に覆われている。白い息を吐きながら夜道を捜索する人々。懐中電灯が雪道を照らしている。

まもなく一行は教会の裏山に着く。雪をかぶった斜面。細い山道。やがて小さな遺体が光の中に照らし出される。息を呑む発見者。

報せを持った警察官が牧師館に到着した。玄関の扉が開き、高柳牧師が姿を現わす。何も知らないで眠っている赤ん坊のリーチ。

指名手配となった犯人は温泉宿に逃亡した。

捜索の手が間近に迫り、刻々と追い詰められていく犯人。テレビでは児童殺害のニュースが放映され、犯人の顔写真が公開されていた。周囲の人間が彼を見てふりむき、指差している。部屋に戻ると、旅館の駐車場にパトカーの姿が見えた。

万事休す。

彼は持っていた包丁で、自ら命を断つ。

恐ろしい光景だった。

死を前にした犯人の絶望感が伝わってくるようだった。彼の苦悩、その息遣いまでが、感じ取れるような気がした。まるで自分が犯人になったかのようだった。

突然、会堂の明かりが点いた。

ふりむくと、入り口に直子が立っていた。


戸締まりをするために教会に来て、直子は玄関の靴に気がついたのだった。若い女物の靴だった。靴の主はスリッパを履かないで上がったらしく、床に濡れた足跡がついていた。周りには水の滴りがたまっている。それは会堂へと続いていた。

フロアを行き、扉をそっと開ける。

会堂の中は暗く、クワイアの歌声のような雨音が響いていた。

電灯をつける。

萌乃香の姿を認めた直子は、驚いて駈け寄っていった。

「ごめんなさい……」萌乃香がつぶやいた。

「青木さん、どうしたの？　何かあったの？」

萌乃香は泣きじゃくりながら、「ごめんなさい」と繰り返している。

「牧師館にいきましょう」直子は萌乃香の肩に手を置いた。「こんなに濡れて、着替えなくては風邪をひいてしまうわ」

「私が……殺したんです」

萌乃香を起き上がらせようとしていた手を、直子は止めた。

「私が菜々美ちゃんを……殺したんです」

「殺したって……？」

「菜々美ちゃんは……私のせいで……死んでしまったんです」

萌乃香の様子にただならぬものを感じた直子は、床に座りこんで訊ねた。

「菜々美ちゃんって、誰なの？」

「小学生の時のクラスメイトです。四年生のとき……いじめられてて……助けを求めにきたのに……私が……チャイムに出なかったから……だから菜々美ちゃんは……死んでしまったんです」

「わかったわ」

直子は萌乃香を抱きしめた。

「続きはゆっくり聞きましょうね。牧師館で着替えたあとに、ね」

萌乃香を起き上がらせようとした。すると、まるで糸の切れた操り人形のように、倒れこんできた。

## 二十一

雨の夜道を、サイレンを鳴らした救急車が、水しぶきをあげて走っている。萌乃香が運ばれたのは、ひばりヶ丘教会から車で十五分の真柴《ましば》記念病院であった。

おそらく冷たい雨に長時間濡れたことが原因であろうと思われたが、萌乃香は四十度の高熱で、脱水症状を起こしており、そのまま入院となった。

突然のことだったので、パジャマやスリッパなどの用意がなかった。深夜で店は閉まっている。救急車に付き添っていった直子は、鋼平に迎えにきてもらい、細々としたものを取りにいったん家に戻った。

「青木さん、どうだった?」

玄関のドアを開けると、心配気なリーチが二人を出迎えた。

「熱が高くて、意識がはっきりしないの。今晩はお母さんが付き添うわね」

「悪い病気ってわけじゃないんだよね」

不安そうなリーチに、鋼平が答えた。

「経過をみないと、なんとも言えないらしいけど。明日になって、状態が回復したら大丈夫みたいだよ。そんなに心配することはないと思うよ」

リーチは頷いた。

夜が更けていくとともに雨は激しさを増していった。

消灯後の病棟の廊下に人の姿はなかったが、ナース室の隣の萌乃香の個室には明かりが点いていた。当直の看護師が定期的に訪れて、萌乃香の状態をチェックしている。

萌乃香の高熱は容易には下がらず、意識混濁もそのままだった。

ときどきつぶやくうわごとは、聞き取れることもあり、聞き取れないこともあった。それは菜々美ちゃんという少女の死に関するもののようであった。

切れ切れの言葉をつなぎ合わせていくうちに、全体像が浮かび上がってきた。菜々美が自死したことを知った直子は、萌乃香に深い憐れみと同情を抱いた。可哀想に……。菜々美を見捨てたことを、どれほど後悔しただろう。いままで誰にも言えないで、どれほど罪責感に苦しんできたことだろう——と。

しかし一方で、萌乃香に憤りを覚えている自分に気づいて、愕然としたのだった。加害者は萌乃香ではないとわかっている。菜々美をいじめていたのはほかの子供たちなのだ。

それなのに、なぜ？

小枝の姿が浮かんできた。

四年生の少女。

菜々美が小枝と重なって、しだいに直子の心は乱れてきた。

どんな形であれ、こんな小さな女の子が命を失うなどということはあってはならない、と強く思った。

犯人によって殺害された小枝。

自ら命を断った菜々美。

どちらも間違っている。

そんなことはあってはならないのだ。

それが本当に起こったのなら、正義はどこにあるのか?

神はどこにいるのか?

「赦せない……」

そうつぶやいた自分に、直子は大きな動揺を覚えていた。

わたしはどうしてしまったのだろう? 犯人は赦さなければならない。そう堅く信じてきたのに。

私は赦したのだ。

誰を?

名前も思い出せない誰かを——。

でもそれは本当だろうか?

思い出そうとどんなに努めても、抹殺されてしまった記憶。犯人の顔も名前も、今となってはわからない。

私は誰を赦したのだろう?

何を、赦したのだろう?

まるで事件など初めからなかったかのようだった。すべてを覆い隠し、記憶を封印して、生きてきた日々。

私は間違っていたのだろうか? 赦さなければならないと知りながら、「赦せない」と口走る。

これが私の正体。

すべては徒労だったのだろうか？

私は人も自分をもあざむく偽善者だったのだろうか？

――落ち着いて……。

直子は大きく息をつき、急ぐ心を鎮めようとした。

この時だった。ひとつの疑問が浮かんできたのである。

子供を殺された親が、「赦せない」と思うのが罪なのだろうか？　――と。

犯人を赦せないことが、それほどの悪なのだろうか？

まるで白いシャツについた取れないシミのようだった。そのシミは直子の視線を捉えて離さなかった。

「ごめ……ん、なさ……い……」

萌乃香の声で、我に返った。

「……菜々、美……ちゃん……」

切れ切れに、うわごとを言っている。

「わた……し、を……ゆる、し……て……」

直子は萌乃香の手をにぎりしめた。

そして、声に出して言った。

「赦せない」

直子の心の洞窟の扉に、亀裂が生じた。緋色に燃え上がった溶岩が、滲み出し始めたのであった。

## 二十二

雨上りの朝は清々しい空気に包まれていた。

太陽の光が柔らかく、自転車に乗ったリーチを照らしている。土で固めた一本道はまだ湿っていて、あちらこちらに笑くぼのような小さな水たまりができていた。

道明寺家の前でリーチは自転車を停めた。ちょうど絹代は新聞を取りに玄関に出たところだった。

「リーチ君、こんなに早くどうしたの？」

「ゆうべ、青木さんが入院したんだ。お母さんがつきそってるんだけど、様子を見に行くところ」

絹代はひどく驚いた。昨日、話をした後の萌乃香の様子がおかしかったので、気になっていたのだが、その萌乃香が入院したという。

「病気なの？」

「よくわからないんだ」

絹代は詳しいことを聞きたがったが、昨夜遅く、ずぶ濡れで会堂にいた、という以外、リーチが知っていることは何もなかった。

「どこの病院なの？」

「真柴記念病院」

「私も支度ができたらすぐに行くわ。付き添いが必要なら、交替するからって直子先生に言っておいて」

「うん。じゃあ、お先……」

リーチは自転車を発進させた。


道明寺家を後にして、二十分ほどペダルを漕ぎ続けると、真柴記念病院に着いた。受け付けで病室を訊ね、エレベーターで五階に上がっていった。

ノックをして中に入ると、ベッド脇の椅子に座っていた直子がふりむいた。

「具合はどう？」

「少し落ち着いたかしら。やっと熱が下がり始めたところ」

パジャマの袖から出た腕に点滴の針が固定されている。規則正しい寝息が聞こえていた。萌乃香は深く眠っているようだった。

「キンちゃんところに寄ってきたんだ。すぐに来てくれるよ。付き添いが必要なら交替するって」

「ありがたいわ」

窓から射した陽が直子の疲れ切った顔をあらわにしていた。

「今日は午後から婦人会だろ。それまで少し眠っておいた方がいいよ。キンちゃんがくるまで、ぼくが付き添うから」

「そうね……」

けだるそうに応えた直子は、いつもとどこか様子が違っていた。が、寝不足のせいだろうと、リーチは特に気にとめなかった。直子を見送ったあと、ベッド脇の椅子に腰かけた。


萌乃香は夢の中にいた。

夢の中の萌乃香は九歳の子供だった。

家の近所の公園で遊んでいる。一緒にいるのは菜々美だった。

ブランコ、滑り台、鬼ごっこ。

やがて菜々美があや取りの糸を取り出した。箒の形を作ると、それはたちまちに巨大な網となり、萌乃香に覆いかぶさってきた。全身を絡め捕られた萌乃香は、助けを求めて叫ぶが、辺りには誰の姿もない。

突然、場面が交替した。

今度は網の中にいるのは菜々美で、萌乃香はそれを間近で見ていた。

「助けて！」

菜々美が叫んでいる。

――菜々美ちゃんを助けなくちゃ。

萌乃香は心の中ではそう思っているのだが、身体が動かなかった。手足に力をこめてもびくともしない。まるで切り絵となって糊で貼りつけられているかのようなのだ。

網ごと菜々美の身体が浮き上がっていく。

高く、高く。

校舎の屋上まで――。

「助けて!」

菜々美の叫び声が聞こえる。

しかし萌乃香にはどうすることもできない。

「助けて、萌乃香ちゃん! 萌乃香ちゃん!」

萌乃香の名を呼び続けている。

萌乃香は思わず目を閉じ、両手で耳をふさいだ。

――ごめんなさい。

菜々美の絶叫が辺りにとどろいている。

心の中で萌乃香は叫んでいた。

――赦して!

すると、どこからか声がした。

「赦さない」

それは強い意思を持った、確固たる声であった。

その声の主は萌乃香の手をにぎると、語調を強めて繰り返した。

「赦さない！」

――誰？

――誰なの？

それはまるで神様の声のように萌乃香には思われた。

――あなたは正しい。

萌乃香は心の中で応えていた。

――そう、私は赦されない。決して赦されてはならないのだ。それほどの大罪を、私は犯したのだから。

――ああ、でも……赦されない、とは、何てきびしいことなのだろう。

萌乃香は絶望的な気持ちで考えていた。

――私には救いがないのだろうか？　永遠に……。

――苦しい。私は赦されない。でも、赦されなければ、生きていけない。

――誰か、私を、助けて……。

――私を、誰か、赦して……。

救いをもとめてのばした手を、誰かが取った。

そして両手で握りしめた。

萌乃香は目を開けた。

「目が覚めた？」

リーチがほほ笑んでいた。

## 二十三

絹代が病院に着いたのは、リーチから報せを聞いた一時間後であった。

受け付けで病室を聞いて、病棟に上がっていくと、エレベーター前のフロアの椅子にリーチがいた。

「青木さんは？」

「診察中なんだ」

「具合はどうなの？」

「わからない。ずっと眠ってて、さっき目が覚めたと思ったら、先生が来たんだ。キンちゃん、ごめん。ぼく、時間がないんだ。今日の授業は休めなくて。電話するから、あとで様子を聞かせてよ」

「わかったわ」

「帰りに寄るから」

エレベーターの扉が開き、リーチは急いで乗り込んでいった。

リーチを見送った絹代は、病棟の廊下を行き、萌乃香の病室の前で足をとめた。廊下で待っていると、やがて中から年配の医師と若い看護師が出てきた。

「青木さんの付き添いに来た者ですが、詳しいことを報されてなくて。どういう状態なんですか？」

会釈をして去って行く看護師を見送った後、医師が答えた。

「熱は下がりましたが、いまの段階では何ともいえません。状態が安定するまで、もう少し様子をみましょう」

「悪い病気だとか、命に関わる深刻な状態だとか、そういうことではないんですね？」

「おそらくただの風邪でしょう。いまは落ち着いていますし、経過次第ですが、このまま回復すれば、明日にも退院できると思います」

風邪と聞いて、絹代は胸をなでおろした。

「どうして高熱が出たんでしょう？」

「高熱の原因にはいろいろなことが考えられます。もともと身体が弱っていたとか、風邪気味だったとか。雨に濡れたことが大きいかもしれませんね」

「精神的なものも影響するんでしょうか？」

「そうですね。ショックとか、強いストレスを受けたとか、大きな心労があったのかもしれません。お心当たりがありますか？」

絹代は頷いた。

# 二十四

「こんなことになってるなんて、ちっとも知らなくて……。昨日のあなたの様子が変だったので、気になっていたんだけど。ごめんなさいね。あなたの気持ちも考えずに、一方的にあんな話をしてしまって……」

ベッドサイドの椅子に腰かけた絹代は、点滴の針の刺さった萌乃香の手を、痛々しそうに握りしめた。こうなったのは自分の責任だと、重い心でいたのだが、意外にも萌乃香は晴れやかな顔を絹代に向けて言った。

「いいえ。先生のおかげで、私、ようやく決心がついたんです」

「決心？」

「私が抱えている問題をお話ししたいと思います」

時計の長針がひと周りし、やがてふた周りしていった。その間、看護師が一度姿を現わしただけで、病室は絹代と萌乃香の二人だけであった。

窓越しの陽が部屋を照らしていた。

菜々美に関するすべてを打ち明けた萌乃香は、穏やかな表情でベッドに横たわっていた。

「不思議ですね。こうして言葉にしてみると、それだけで、重荷をおろせたような気がします」

昨夜の記憶はほとんどなかった。目が覚めたら、リーチがいて、医師が診察に来た。そのためリーチは病室を出ていき、そのまま帰ってこなかった。診察が終わって、入れ替わりに絹代が姿を現したのだった。

しかし、救いを求めてのばした手を、しっかりとつかんでくれたリーチの手の確かさを、萌乃香は忘れなかった。

――リーチ君はあなたを好きなのよ。

このとき萌乃香は、絹代のこの言葉を思い出したのである。

――忘れないでね。あなたはリーチ君にとって、とても大切な人なのよ。

それはまるで遭難者の耳に聞こえてきたヘリコプターの音のようであった。その時になって初めて、その言葉はまっすぐに、萌乃香の心に届いたのである。

「私は、赦されてはいけないのだと、ずっと思ってきたんです。でも、苦しくて……。赦されなければ生きられないことに、やっと気がつきました。でも、どうしたらいいんでしょう？　こんな私が誰かに赦してもらえるんでしょうか？　赦されることを願ってもいいんでしょうか？」

　窓の外を鳥がよぎっていった。部屋の中は静けさに包まれていた。

「赦すということは、とても難しいことだわ」

　淡々と絹代が言った。

「人間にとって、もしかしたら一番難しいことかもしれないわね」

　その語調はゆっくりで、眼はどこか遠くを見ているようであった。

「赦せない状態は闇ね。孤独で真っ暗な……」

　視線を萌乃香に移して、言葉を続けた。

「菜々美ちゃんがどうしてそんなことになったのか、その責任が誰にあるかは、誰にもわからないわ。わかっているのは、あなたは解放されなければいけないということよ。あなたは赦されることを願っていいの。それは自然で、当たり前の感情なのよ。誰もあなたを罰しないわ。誰かに赦されるのではなく、あなたを赦す相手は、あなた自身なのよ」

　萌乃香の眼に涙があふれてきた。

「……私自身……」

「ええ、そう。あなたは十分苦しんだわ。十分すぎるくらい。もう苦しむのはやめましょう。神様に罪を告白して、赦していただけることを信じましょう。そうしたらあなたは自分を赦すことができるのよ。赦すということは人間の力を超えたことなの。赦せない闇は深いわ。でも闇を突き抜けたところに光はあるの。私は信じているの。本当に苦しんだ者だけが、その闇を超える翼を持つことができるのだ——と」

長い沈黙の後で、萌乃香が訊ねた。

「私にそれができるでしょうか？」

「ええ、きっと」

絹代は萌乃香の手を握りしめた。

# 二十五

秋の短い黄昏が終わった。外灯が街を照らし、空はすっかり夜の色に塗り替えられている。

駅に着いたリーチは腕時計を見た。面会時間は午後八時までであった。時計は七時三十二分を指している。駅から真柴記念病院まで自転車で約十分かかる。リーチは急いで駐輪場へ行き、自転車を発進させた。

商店街を抜け、大通りをひた走る。道は空いていたが、近道をしようと、細い路地に左折した。

まもなく前から乗用車がやってきた。その車はひどい蛇行運転をしていた。リーチは車を避けようと左側に寄った。しかし、タイミングが悪かった。車の運転手もまた同じ方向にハンドルを切ったのである。ヘッドライトの明かりの中に、自転車に乗ったリーチの姿が大きく映し出された。

次の瞬間、自転車は車と衝突した。

絹代からの報せが牧師館に入ったのは、夕食を終えた直後であった。

電話に出たのは鋼平だった。

「リーチ君が事故に遭ったんです」

絹代の声は常と違って動揺していた。

「青木さんの面会時間が終わって、帰ろうと思って玄関に着いたとき、ちょうど救急車で運ばれてきたんです。くわしいことはわからないんですけど、頭を強く打っていて、意識がないそうです。直子先生と一緒にすぐに病院に来てください」

受話器を置いた鋼平は、言いようのない不安に襲われた。

台所に行って、「理一郎が事故に遭ったそうだ」と伝えると、洗い物をしていた直子が振り向いた。

「私のせいです」

思いがけない言葉に、鋼平は直子をじっと見た。

直子は朝からどこか様子がおかしかった。萌乃香の付き添いで疲れたからだろうと思っていたのだが、やはりどこか変だ。

「私が赦さないから。だから神様が怒られたんです。私が犯人を赦さないから、だから神様は、リーチを取られるんです。神様は小枝ちゃんと同じように、リーチも私から奪ってしまわれるんです。きっと駄目……助からない。リーチは……死ぬんだわ」

最後の言葉を言い切ったときの顔には、強い恐怖が現われていた。

「しっかりしなさい、直子！」

鋼平は妻の肩をゆさぶった。

直子は表情のない眼で夫を見つめている。

「ともかく、病院へ行こう」

鋼平は車のキイを手に取った。


菜々美の死を知ったことがきっかけとなって、滲みだした溶岩。直子の心の洞窟の蓋に生じたひび割れは、時間の経過と共に大きくなっていた。直子の頭の中には「赦せない」という言葉が渦のように廻っていたのである。

しかし同時に、直子の頭の中にはもうひとつの声が聞こえていた。直子の中に生れながらに培われた信仰心は、「赦せない」という言葉を忌み、阻もうとしたのである。このもうひとつの声は、辛抱強く直子に語りかけ、直子の良心に訴えかけた。「赦せない」のは罪であり、悪である。それは神様の御心に反することであり、神様を悲しませることである、と。その二つの相反する心がせめぎあった状態こそが、直子を異常にさせたのであり、リーチの事故を知らされた時の言葉を言わしめたのであった。

集中治療室の前の廊下には絹代と警察官がいた。鋼平と直子が到着すると、医師も姿を現わした。医師の説明によると、飛ばされたところが民家の庭だったことで、植え込みがクッションとなって身体は無傷に近かった。が、落ちたときに頭をどこかにぶつけたらしかった。

医師は重々しく告げた。

「できるかぎりの手を尽くしています。意識がもどればいいのですが……。今は何とも言えません」

今度は警察官が事故の模様を説明した。

「目撃者の話によると、車は相当な蛇行運転をしていたそうです。細い路地で逃げ場がなかったんでしょうね。双方が同じ方向に同時にハンドルを切って、それで正面から衝突してしまったようです。飲酒運転だった可能性が大きいですね」

「犯人は、どこにいるんです？」

突然、直子が言葉を放った。その声は抑制がきいていたが、真冬の夜道のように冷たかった。

「車はそのまま走り去ってしまったということで……」警察官が答えた。「いま捜査中です」

ひき逃げ。

そう悟った瞬間だった。

直子の中で大きな炸裂音とともに何かが壊れた。

ひび割れていた蓋が粉砕されたのである。

真っ赤な溶岩が流れ始めた。

心の洞窟に潜んでいた怪物が、動き始めた。

直子の頭の中は緋色一色になっていた。「赦せない！」という一語だけが、その中で、大蛇のようにとぐろを巻いていた。

行かなくては……。

エレベーターに向かって直子は歩きだした。

「どこへ行くんだ？」

鋼平に肩をつかまれて、直子はゆっくりと振り向いた。

「犯人のところです」

凜とした声でいった。

鋼平は直子の言動にただならぬものを感じていた。

「犯人はつかまってないんだよ」

「だから私がつかまえに行くんです」

「手がかりもないのに、無理だよ。警察に任せよう」

「警察には任せられません！　警察に任せたから、小枝ちゃんのときに犯人はつかまらなかったんです！　だから犯人は、罪もつぐなわないで、勝手に死んでしまったんです！」

直子の剣幕に鋼平は言葉を失ってしまった。

何が起こったのだろう。

鋼平には妻の言動が信じられなかった。

これは本当に直子なのだろうか？

妻はいったいどうしてしまったのだろう？

「私が犯人をつかまえて、今度はこの手で死刑にするんです」

直子は鋼平の手を振りほどき、エレベーターに向かおうとした。

「やめなさい」

「いや！　放して！」

「落ち着きなさい、直子。いったいどうしたんだ？」

「赦せないの！」

「誰を赦せないんだ？」

「犯人よ！　犯人を赦せないんです！」

鋼平は心の底から驚いていた。妻が取り乱した姿など、鋼平は今まで一度も見たことがなかった。直子はいつも立派だった。小枝が殺されたときでさえ。

それなのに、なぜ？

直子に何が起こったのだろう？

「直子先生、落ち着いて」

絹代が二人の間に割って入ってきた。

「いまは犯人のことより、リーチ君の心配が一番なのよ。リーチ君の意識が戻るように、一緒にお祈りしましょう」

それを聞いた直子は、「理一郎……」とつぶやくと、その場に泣き崩れてしまった。

## 二十六

時計の針は午前を回っている。

リーチは依然予断を許さない状態が続いていた。このまま意識が戻らなければ、持久戦に持ち越される可能性も否めなかった。

直子はまるで萎れた花のようだった。憔悴し、疲れきっている。それなのに、犯人に対する怒りが内に燃え盛っていて、それが気持ちを高ぶらせ、神経を休ませないらしかった。萌乃香の付き添いで昨夜も眠っていないのに、このままでは身体がまいってしまう、と心配した鋼平は、医師に相談した。すると医師は、「家に帰って休まれた方がいいですね。何かあったら、すぐご連絡しますから」と、親切に言って、薬を処方してくれた。

しかし、家に帰り着いたとたん、警察からの電話が鳴った。

「息子さんをひき逃げした容疑者が、両親につきそわれて出頭してきました」

容疑者はリーチと同じ年頃の大学生だった。父親はこの街の有力者だということで、名前を聞いた鋼平は、すぐに思い当った。その家の塀に選挙用のポスターがいつも貼ってあったからである。純和風の凝った造りのその家は、ひばりヶ丘教会から徒歩で三十分ほどの距離にあった。

「容疑者が自首したそうだ」

直子に告げると、その反応は意外にも鋼平の予想を裏切るものだった。

「そうですか」

と、興味のなさそうな顔で頷いたきり、何も訊ねなかったのだ。

「お風呂の用意をします」

引き出しからタオルを出しながら直子が言った。

「あなた、先にお入りになって」


鋼平が風呂から上がったとき、リビングに直子の姿はなかった。

何か、どこかが、変だった。

胸騒ぎを覚えて、妻の名を呼びながら、家中を捜し回った。が、その姿はどこにもない。玄関を見ると、鍵が開いていて、直子の靴がなくなっていた。

そうと知った鋼平は、「警察に電話をかけたのだ」と直感した。きっと容疑者の名を聞き出したに違いない。

大急ぎで着替えを済ませると、外に出て、車に飛び乗った。

戸外は強風が吹き荒れていた。

立て看板は倒れ、店先の旗が狂ったようにはためいている。街路樹の梢はダンサーの背さながらにしなり、悲鳴のような風音がアスファルトの道にこだましていた。

やがてヘッドライトの先に、大通りの歩道を歩く直子の姿が浮かび上がってきた。

車を道路の脇に停め、鋼平は車外に出ていった。

「何をする気だ！」

後ろ姿に向かって鋼平は叫んだ。

「犯人の家に行って、何かをする気なのか！」

直子が振り向いた。その手にはライターがお守りのように握りしめられていた。

「火をつけるの」

挑戦的な眼で、直子は鋼平を見据えて言った。

「犯人の家に火をつけるのよ」

吹き荒れる風が直子の髪を夜叉のように乱していた。

「直子……」

「とめないで！」

突然、直子の眼から涙がはらはらとこぼれ落ちた。

「ずっと、思い出さないように……してきたの。犯人を、憎まないために。犯人を赦さなければならないと……教えられて。何も考えないように。何も思い出さないように。自分の感情を……殺してきたの。でも、リーチは駄目。あの子は、私の命なの。小枝ちゃんは取られてしまったけど、あの子は……渡さない。あの子だけは、ぜったい、誰にも……渡さない」

鋼平の胸にこみあげてくるものがあった。拳をつくって、指がくいこむほどに強く握りしめた。

「どうしてまた、こんなことが起こるんです？　私が何をしたんです？　犯人を憎まないように、犯人を忘れようとして、一生懸命、頑張ってきたのに……。でも、もう駄目……。もう、頑張れないの。私……このままだと、狂ってしまう。お願い……私を、とめないで」

「とめない」

吹き荒れていた風が、一瞬、止んだ。

まるで鋼平の言葉が聞こえなかったかのようだった。直子は夫を探るようにじっと見た。

「ぼくが犯人を憎んでいないと思うのか？」

ライターを持った直子の手を、鋼平は握りしめた。

「ぼくも一緒に火をつけるよ」

この人は本気だ。

このとき、そう直子は直感した。

しかしそれは直子にとって、とうてい信じられないことであった。自分が正しかったように、夫も正しい。いや、そうではない。自分は形だけ死に物狂いでそうふるまっているのに対して、夫は正しい心でいる。正しい心で事件と向き合い、すべてを神の御心と受けとめ、犯人を赦している。二十年以上もの長きにわたって、直子はそう思い込んできたのである。

小枝が亡くなってから、夫と小枝について話をしたことは一度もなかった。食事を済ませると、夫はいつもすぐに書斎にこもってしまう。まるで何も起こらなかったかのように。事件のことも、犯人のことも、夫は何も語らなかった。

だが鋼平は毎週礼拝で説教をしたので、そこで直子は夫が何を考えているのかを知ることができた。

講壇で鋼平が語るのは、神の愛であった。それは人間に対する神の赦しであり、それによって人間は互いに赦し合える、という教えであった。神は善い神であり、人間に善い計画を持っておられる。それ故に人間は神に仕え、神の御心を感謝をもって受け入れるべきである。

毎週毎週、そう彼は語った。

鋼平は優れた牧師であったが、それは我が子を失っても変わらなかった。まるでイサクを神に捧げたアブラハムのように。夫は正しく、どこまでも模範的な信仰者であった。

そう直子は思い込んでいた。

しかし、そうではなかったのである。


二人は無言で歩いていた。

容疑者の家が見えてきた。

それは竹細工の塀に囲まれた、築山や錦鯉が泳ぐ池を持つ、大きな屋敷であった。

直子は立ち止まった。

「もういいんです」

そう言うと、ライターをポケットにしまい、鋼平にほほ笑みかけた。

「家に帰りましょう」

いつのまにか風がやんでいた。

雲間から出た月が、二人の姿を繻子《しゅす》のような光で照らしていた。

## 二十七

牧師館に帰ると、留守番電話のランプが点滅していた。

リーチに何かあったのかもしれないと、急いで再生してみると、はたして電話はリーチの主治医からであった。

「理一郎さんの意識が戻りました。これからは良い方向へ向かうと思われます。状態も安定していますし、今夜はもうお出でになる必要はありません。お二人とも安心してお休みになってください」

ふるえる指で、鋼平はもう一度再生ボタンを押した。

「理一郎さんの意識が戻りました……」

電話器からは同じ言葉が流れてきた。

「あなた……」

直子が鋼平の手をにぎりしめた。

「主よ……」

鋼平はそうつぶやくと、妻を抱きしめて泣いた。

東の空に明けの明星が姿を現わした。暗やみに閉ざされていた街に暁が訪れようとしていた。夜明けは間近だった。

直子は眠れないままに布団から起き出し、寝入っている鋼平を残して、一人寝室を出た。

リーチが助かったこと。それは真実、たとえようのない喜びであった。直子はそのことを心から神に感謝していた。

しかし、根本的な問題が解決されたわけではなかった。犯人を「赦せない」という焦げるような思い、灼けるような犯人への憎しみは、未だ直子の心の中に塊のように在ったのである。

犯人。それは今となっては、リーチをひき逃げした学生ではなかった。直子はそのことをようやく自分に認めた。直子にとっての「犯人」とは、「小枝を殺害した男」なのである。直子の心の洞窟から解き放たれた怪物は、咆えたける獅子さながら、ただその男だけを獲物として求め、彷徨していたのであった。

決着をつけなければならないことはわかっていた。そうと覚悟を決めた直子は、「犯人」をその怪物に委ねることにした。実際には手をくだせないので、イメージの中で犯人を殺そうと決心したのである。

リビングのソファーに座り、直子は眼を閉じた。

心の洞窟の扉が粉砕された後、直子は犯人の姿を思い出した。姿ばかりでなく、犯人の顔も、犯人の声も、犯人の名前も。すべての記憶が甦ったのであった。

稗田島行男。

イメージの中で直子は、ナイフを両手で握り、犯人の前に立った。

小枝の姿が浮かんできた。その懐しい笑顔、小首をかしげた姿は、直子の胸をかきむしり、血を噴き出させた。

やがて事件のときに付き添ってくれていた牧師夫人の姿が現われた。

夫人はあのときと変わらない口調で言った。

「犯人を赦すのよ」

「赦せない！」

そう叫ぶと、直子は全身全霊で犯人に向かっていった。

渾身の力をこめて刃を突き立てようとする。

すると、予期せぬことが起こった。刺す直前に、犯人が別人と入れ替わったのである。

「あっ！」と思ったが、はずみがついていて間に合わなかった。刃は別人の胸を貫き通してしまった。

直子はふるえながら眼を上げてその人を見た。

それは白い衣を着たキリストであった。

衣が見る見る鮮血に染まっていく。

イメージが消え、現実に戻った。

目を開けると、部屋にいるのは直子一人であった。

このとき直子は理解したのである。主が身代わりとなってくださったのだ、と。

それはただ犯人の身代わりというだけではなかった。憎しみという怪物と化した、直子自身の身代わりなのである。

――イエス様は私の罪のために、私の身代わりとなって、十字架で死んでくださったのだ。

このことがはっきりと、改めて直子に確信されたのである。

直子は泣いた。

涙がとまらなかった。

気がついた時には、緋色に燃え上がった溶岩も、憎しみという名の怪物も、心の中から消えていた。

直子はソファーで泣き続けていた。

夜明けの光が部屋を満たしていた。

# 二十八

リーチの事故を萌乃香が知らされたのは、一夜明けた日の午前だった。

昼食を済ませた後、萌乃香はリーチの病室を訪ねていった。

ノックをして入っていくと、包帯を頭に巻いたリーチがベッドに横たわっていた。

萌乃香を見たリーチが照れくさそうに言った。

「お見舞いに行くつもりだったのに、反対になっちゃったね」

「ごめんなさい。私、ちっとも知らなくて……」

「知らなくてよかったんだよ。大したことじゃなかったんだから」

リーチに勧められて、萌乃香はベッドの脇の椅子に腰かけた。

「キンちゃんから聞いたの？」

「はい。そのあとで直子先生も来てくださって、詳しいことは直子先生から聞きました」

「意識不明の重体だったらしいけど、意識がないんだから本人としては楽なものだよ。大変だったのはお医者さんや周りの人たち。キンちゃんから聞いたんだけど、うちの母なんか、取り乱して大変だったらしいんだ」

「私だって、もし知ってたら、そうなっていたと思います」

「だからキンちゃんは教えなかったんだって。ショックを受けて、また熱が出たら大変だからって。知らせてくれなくて良かったと思ったよ。ぼくだって、青木さんの具合が悪くなったら、とても心配だからね」

言いながらリーチは気羞かしげだった。

二人はまぶしそうに互いの視線を逸らせた。

「あのあと状態が落ち着いたって聞いたけど、もう大丈夫なんだよね？」

「はい。微熱もとれて、これから退院するところなんです」

「よかった。ぼくもこの調子だと、一週間くらいで退院できるみたいだよ」

「よかった……」

萌乃香は心からの安堵の笑みを浮かべた。

事故を知らされたときには、にわかに信じられなかった。助かったと聞いても、自分の眼で無事な姿を確認するまでは、不安で仕方がなかったのだ。

「事故を起こした人。学生なんですね」

「そうらしいね」

「自首したって聞きましたけど、飲酒運転してて、最初はひき逃げだったんでしょう？」

「そうみたいだね」

そうと聞いた萌乃香は、相手に非常な憤りを覚えた。それなのにリーチは、ひとごとのように応えている。

思い切って萌乃香は訊ねてみた。

「その人を赦せますか？」

リーチは淡々と答えた。

「赦せるよ」

「簡単に言わないでください。一歩間違えば、死んでいたかもしれないんですよ。重傷を負っていたかもしれないし、障害者になっていたかもしれません。一生寝たきりになっていたかもしれないんです。それなのに、本当にその人を赦せるんですか？」

長い間があった。リーチは深く考えこんでいるようであった。

「赦せるよ」

萌乃香はリーチの横顔を見つめた。

「何をされても、自分がどうなっても、ぼくはその人を赦す」

「どうしてそんなことができるんです？」

明るい秋の午後だった。病室の窓からは翼雲の広がった空が見えていた。

リーチは空に目をやった。

「もちろんそれがとても難しいってことは、ぼくにもわかっているよ。でも『赦せない』という思いは、人をひどく蝕み、毒するんだ。『赦せない』という思いに捕われると、苦しみながら生きることになる。ぼくは自分がそういうふうになりたくないんだよ」

リーチは空を見続けていた。

金糸を織り込んだベールのような陽がその姿を包んでいた。

「ぼくには姉がいたんだ。九歳で亡くなってしまったけどね。ぼくは姉の分まで、幸せに生きるって決めてるんだ。だからぼくは人を赦すんだよ」

萌乃香の中で、何かが芽生えようとしていた。それが何かはわからなかったが、その中には命があった。

そのことが萌乃香にはわかっていた。

著者略歴

下田ひとみ（しもだ・ひとみ）

鳥取市出身。

著書に『うりずんの風』『翼を持つ者』『勝海舟とキリスト教』『トロアスの港』（以上、作品社）、『雪晴れ』（幻冬舎）、『キャロリングの夜のことなど』（由木《ゆうき》菖《しょう》のペンネームで文芸社）『落葉シティ』（文芸社）

鎌倉市在住。


# 翼を持つ者

二〇〇八年　四月一八日第一刷発行
二〇一六年十二月二五日第二刷発行

著者　下田ひとみ
装丁者　小川惟久
発行者　和田　肇
発行所　株式会社　作品社

〒一〇二-〇〇七二
東京都千代田区飯田橋二ノ七ノ四
電話　（〇三）三二六二-九七五三
FAX　（〇三）三二六二-九七五七
振替　〇〇一六〇-三-二七一八三

印刷・製本　㈱シナノ





ISBN978-4-86182-193-6　C0093